El vergel

Josefina Aldecoa

El vergel

ALFAGUARA

© 1988, Josefina Aldecoa
© De esta edición:
2003, Santillana Ediciones Generales, S. L.
Torrelaguna, 60. 28043 Madrid
Teléfono 91 744 90 60
Telefax 91 744 92 24
www.alfaguara.com

ISBN: 84-204-6606-9
Depósito legal: M. 13.528-2003
Impreso en España - Printed in Spain

Diseño:
Proyecto de Enric Satué

© Cubierta:
Sonya Pletes

«Desde luego es un tormento heredar la responsabilidad de la propia vida.»

D. H. LAWRENCE

El avión se inclina levemente. Va a tomar tierra. Las luces de la pista de aterrizaje terminan en el mar. La espuma blanca dibuja la línea de la costa. El agua es oscura. Un suave empujón. Los motores vibran furiosos. Un frenazo correcto. El avión se detiene.

Al abrir la portezuela un aire cálido se cuela en la cabina. Clima subtropical. Marzo, suave. El bolso de mano. Las revistas. El hombre que se sienta a mi lado no parece tener prisa. Duerme. Ha dormido durante todo el vuelo. Sólo ha abierto los ojos un momento cuando el bache nos sacudió y se derramó sobre mi mesa el vaso de Coca-Cola. Abrió los ojos y miró entre sorprendido y admirado o quizá sólo era el olvido momentáneo del lugar donde estaba o el recuerdo de la meta última, el final del viaje, la isla.

La isla está ya bajo mis pies. No es posible retroceder. Vuelvo al instante en que sostuve entre mis manos la postal, abandonada hasta entonces entre las páginas de un libro y recuperada casualmente de tal modo que al caer al suelo no pude ni siquiera recordar, reconstruir la lectura del día en que el cartero la depositó en mis manos. «Volveré pronto. Abrazos. Eduardo.» Una tarjeta sin dirección, sin fecha. Un paisaje: «Vista del norte de la isla». Y la necesidad urgente de alcanzar aquel paisaje: el cielo muy azul, las montañas rodeando un valle, el palmeral abrazando el pueblo. Palmeras en las faldas de los montes pelados, palmeras en las calles, en las fincas cercadas, sólo palmeras y casas blancas.

El aeropuerto se vacía en seguida. Es tarde; el último vuelo del día. Me detengo en la puerta con la maleta en una mano, el bolso en la otra, perdida. Huele a flores. Hay arrayanes en los linderos de la zona de aparcamiento. Un hombre sale de lo oscuro y se acerca. Me habla:

—¿Adónde vamos?

Le enseño la tarjeta. Le indico:

—Lo más cerca de este lugar.

Lo mira un momento. Dice: Ya veo. Abre la puerta de un taxi grande, alargado, resplandeciente. Me toma el equipaje. Lo coloca a su lado en el asiento vacío. Un nudo de congoja me aprieta la garganta. Sola en esta isla, en este coche, con un desconocido que me conduce hacia el lugar, elegido por mí, hacia la búsqueda, la investigación.

—La dejaré en el hotel más cercano porque allí mismito, allí no va a encontrar nada.

La luna grande, redonda, llena, brilla muy alta y despeja las sombras que se abaten sobre los caminos de la isla.

Por la mañana el taxista ha vuelto. Le he pedido que me recoja en el hotel y me lleve a El Palmeral. Allí está cuando bajo a la hora convenida. Me sonríe. Me abre la puerta del coche. Me conduce hacia el norte por una carretera que se extiende junto al mar.

Anoche no pude dormir. Me senté en la terraza y escuché el golpear de las olas contra la arena. A lo lejos, hacia África, se veían luces temblorosas de barcos perdidos en la oscuridad. El silencio era total y la contemplación de las luces solitarias en medio del océano aumentó mi angustia. Me tumbé en la cama con la luz apagada y pensé en mi huida. El viaje apresurado. Las disculpas a todos. Necesito urgentemente unas vacaciones... La sorpresa de Eduardo con su propia maleta en la mano, a punto de marcharse. Te vas ahora, cuando yo tengo este viaje imposible de aplazar...

Y luego, el recelo, la sospecha: ¿Qué ocurre? ¿Adónde piensas irte? ¿Con quién?... No te preocupes. Me voy sola.

Hacia abajo, hacia el sur, buscando el sol...

El sol abrasa. El coche avanza entre cultivos de chumberas. Las casas yerguen su blancura sobre una tierra negra. Delante de las casas, diminutos muretes pintados de blanco encierran macizos de geranios rojos. Hay huertos con brotes de un verde tierno, una pelusa vegetal que contrasta con la violenta mancha del suelo, color carbón.

—Los volcanes —señala lacónico el conductor—. En el sur hay más.

Dormidos, apagados, pero desafiantes, los volcanes en sucesión perfecta, casi la misma altura, la misma forma impecablemente cónica, impiden por un momento ver el mar. Pero pronto recuperamos el agua azul, la costa erizada de lava. Un pueblo de pescadores alegra el final del camino.

—Ahora, en seguida dejamos la costa, nos vamos al interior y llegamos a donde usted quiere ir. Detrás de las montañas, a la izquierda...

Al contemplar de cerca las palmeras en el valle rodeado de montañas, una brisa fresca y marina barre mi ligera inquietud.

—¿La dejo aquí? —pregunta el conductor—. Llámeme luego si quiere que la busque...

Las varillas de la cortina chocan con un sonido musical al apartarlas para entrar en la única taberna del pueblo, silenciosa y en penumbra.

«... Al hombre le conocí, claro que sí... Se solía sentar en el banco, miraba por el vano de la puerta; poco podría ver entre las varillas de la cortina, pero ahí se quedaba horas y horas... ¿Usted qué dice que es de él? La mujer ya sé que no... No; el que yo le digo no tenía mujer. Viudo. Era viudo. Me lo tiene dicho cien veces. Mira, Ginés, desde que murió mi mujer ando de un lado para otro, sin rumbo... Dinero tenía, desde luego, porque en seguida alquiló un coche y cuando se cansaba de estar aquí se ponía a correr por la isla. Poco tenía que correr el cristiano, pero allá iba arriba y abajo, a playa Blanca, a la montaña de Fuego, adondequiera que se le ocurría... Luego volvía y en unos días ni se movía... Bueno, y usted ¿quiere comer aquí? Sí, yo le preparo algo en seguida. Una ensalada y unos peces, unas "viejas" que me han traído para mí... Sí, mujer, se lo preparo... No, pues yo eso no se lo notaba. Preocupado, no. Yo le veía como si esperara algo. Como si estuviera esperando algo que iba a llegar, algo que le iba a ocurrir... Son cosas mías, ¿eh? No me haga caso... Mire, el primer día cuando llegó, venía paliducho el hombre. Era mediodía. Un día de calor de esos fuertecitos. Entró por esa puerta. Apartó la cortina, se apoyó en el mostrador... Yo pensé: qué querrá éste, comprar o vender, como todos los foráneos. Pues no. Me dijo: ¿No sabe usted dónde puedo encontrar una habitación para dormir?... Hombre, le dije yo, esto no es lugar para usted. Aquí en el pueblo no creo que encuentre nada... A mí me parecía un señor. Por eso le dije que mejor buscara un hotel por la costa. Pero él erre que erre... Yo tengo aquí detrás la vivienda y le ofrecí: Si quiere pruebe unos días el cuarto que hay al lado del almacén. Porque aquí detrás, mire, pase si quiere, aquí tengo yo el almacén de lo que vendo. Los comestibles y todo lo demás, que si ferreterías, que si plásticos; hay que tener un poco de cada cosa... Venga, siéntese aquí, que es el sitio más cómodo... Además, desde aquí se ve la puerta, pero no le ven a uno... Espere que atienda a ésta y en seguida estoy con usted... Habla más alto, mujer, que no te entiendo... Sal y vinagre, ya va... Ahí la señora pregunta por el hombre aquel, aquel Eduardo que estuvo en mi casa hace tres años. ¿Te acuerdas de él, verdad?... Anda, vete con tus prisas que ya lo apunto... Siempre corriendo y luego a perder el tiempo por el camino con la primera que se encuentra... Así que, ¿cómo acertó con este sitio? ¿Le dijo él que viniera?... Ah, la postal, mi hija... Pero otras mandaría de otros lugares, ¿o no?... ¡Qué lista ha sido usted!... Bien le conoce a él. Se ve que usted conoce sus gustos. Tan sencillo el hombre...

En vez de irse a las playas de las extranjeras se mete en este pueblo. A quién se le ocurre... Se veía que le gustaba estar solo... Pone usted una cara como si lo dudara... Ya le traigo la ensalada... Y en un momento, las "viejas". ¿Las ha comido usted alguna vez? Ay, claro, por allí no las llevan, se consumen aquí, en las islas. Pero es un pez sabroso, ya verá... Anímese, mujer, y piense ¿de qué sirve entristecerse? Poco duran las penas, aunque bien mirado, las alegrías, todavía menos... Pues ya le digo, él se pasaba el tiempo sin hacer nada, pero de vez en cuando le daban unos repentes y entonces era cuando le cuento que cogía el coche y se iba. Volvía como si hubiera trabajado mucho o corrido o nadado o peleado. Volvía agotado y más de una vez cargadito... Sí, señora, claro que bebía. Pero usted ¿no dice que le conoce? No se extrañe entonces. Bebía y bebía bien. Aquella botella de ron, la que usted ve en el estante más alto, me la regaló él. Es una botella muy buena. Se la dieron, sabe Dios dónde, y me dijo: Ginés, déjame que te regale una botella buena de verdad. Auténtico ron de Cuba. A él le gustaba mucho el ron nuestro, el guajiro, me entiende... No, pendenciero, no. Cuando bebía le gustaba que yo cantara la música de aquí. Él escuchaba... Coma algo, mujer, no come nada... Tampoco es que aquel hombre comiera demasiado. Muchos días no probaba bocado. Yo le decía: ¿Está usted bien? ¿Le duele algo?... Pero él, que no, que no le pasaba nada. Que sólo estaba cansado y quería descansar y que aquí estaba a gusto. Para mí que al principio él cayó por la isla de casualidad, yo no sé si le habrían hablado de ella o qué. Al principio debía venir para unas vacaciones, a descansar como él decía.

Pero luego, poco a poco se fue haciendo y me parece que ya lo veía de otra manera. Me decía: Ginés, si sabes de una casa que se venda, avísame... Yo le tomaba el pelo: Como que usted se va a quedar aquí. Habrá reñido con la novia o sabe Dios. Porque como él era viudo y todavía joven, digo yo que novia o algo así tendría... Ah, pero ¿se marcha usted ya?... Como quiera... El teléfono lo tiene ahí cerca. Desde la puerta le indico. Yo ni tengo ni quiero... Mientras va y llama yo le busco lo único que el hombre olvidó aquí, unos dibujos de la isla. Los tenía clavados en la habitación y ahí los dejó cuando se fue, después de todo lo que ocurrió... Pero yo nunca me he decidido a quitarlos... Qué sé yo... A lo mejor esperaba que volviera él o que viniera alguien que le conociera como usted y se los quisiera llevar. Si los quiere, yo se los doy... No se quede parada. Vaya a llamar y a la vuelta se los tengo preparados. Los desclavo y se los doy. Verá qué claros ha pintado los caminos de la isla. A mí me parece que iba dibujando los rumbos que él llevaba... ¿No tiene prisa de llamar? Está bien. Espere un momento y se los traigo... Aquí los tiene. Son los caminos que él hacía. Los que a él le gustaba recorrer. Fíjese, hasta lo pone aquí: camino del Volcán, camino de playa Blanca, camino del Faro... Mire qué claros los caminos. Y a la orilla, lo que él veía, lo que él encontraba. Era listo el hombre para todas las cosas. Se ponía a tejer palma conmigo y ahí vería lo deprisa que lo hacía... Y cuando iba a pescar con los de ahí abajo, el primero en tirar de la red... No se quede mirándome así, que no le miento. Parece que se asusta de todo lo que digo. Oiga, ¿será el mismo hombre? ¿Será el mismo

Eduardo el que los dos decimos?... El que yo tuve aquí era alto, rubiaco, muy delgado pero fuerte. La cara muy lisa. La piel muy blanca que luego se le fue poniendo tostada como un pan... Él me decía, ya voy para el medio siglo, Ginés, ya voy escorado... Pero qué va, aquel hombre, el Eduardo que yo digo, no pasaría de los cuarenta... Pero eso sí. Se veía que había vivido mucho, corrido mundo, tratado a gentes principales. Tenía una manera de hablar que te envolvía... Hablaba poco. Lo justo, que para hablar de más ya estaba yo... Me parece que usted tampoco es muy habladora. Y perdone que se lo diga, pero no aguanto más sin preguntarle: ¿usted quién es? ¿Usted qué es de él? ¿Y qué hace usted aquí?... No se enfade. Pero yo hablo y hablo y usted dice tan poco que ya empieza a preocuparme. No vaya a ser que yo le perjudique a él con lo que estoy contando. Que ya me lo decía mi difunta: Si te callaras algo de lo que piensas, Ginés. Si alguna vez te mordieras la lengua, cuánto disgusto evitarías. Ten la boca cerrada, Ginés, y deja que hablen los demás. Pero no puedo, yo no sé estar callado. Es un mal mío. Soy el más charlatán de esta isla y yo creo que también de la Mayor... Así que aquí me tiene con los dibujos de Eduardo en la mano para que usted los vea. Usted que ni siquiera me los ha pedido porque se los ofrecí yo, yo le di la noticia de que existían. Y ésta es la hora que usted ha comido, me ha escuchado, ha hablado de marcharse y no sé todavía quién es usted... Está bien, se llama Adriana..., y le conoce de hace mucho tiempo... Se nota. Se lo imagina uno. Porque si no, ¿a qué iba a venir ese interés y esas preguntas y ese buscar el rastro del hombre?

Porque usted quiere seguirle el rastro, ¿a que sí? Quiere saber qué fue de él en la isla. ¿Es que no se lo dijo? ¿O no le ha vuelto a ver desde entonces? Ya sé que no tiene intención de hablar, pero tampoco se lo pido... Bueno, vamos a ver. Si quiere otras noticias, seguramente el médico se las dará. El médico, sí, don Martín. Usted pregunta por él en el hospital de la capital. Sí, mujer, al lado del aeropuerto, muy cerca. Usted le llama: don Martín —no hay más que él con ese nombre—, don Martín, que quiero verlo y que me hable de Eduardo, el de la pierna mordida. Verá como en seguida se acuerda... ¿No se lo contó?... Un día Eduardo se fue a la mar con los pescadores del pueblo que ha pasado antes de entrar en el valle. Iba mucho con ellos y les ayudaba, ya se lo dije. Pero ese día que si la "morena" estaba viva, que si estaba muerta, total que le clava el cuchillo y ella que se revuelve y le muerde la pierna y allí era el sangrar y los demás: veneno de "morena", que lo vea el médico. Y lo llevaron a don Martín. Mejor dicho, no lo llevaron, que se empeñó en ir él mismo con su doscaballos. Le vendaron fuerte y para allá se fue y desde entonces se hicieron los dos muy amigos, el médico y él... Usted le llama y le dice: que soy amiga o novia o lo que sea usted de Eduardo, que quiero hablar con usted y que usted me hable de él y él la recibe, seguro. Es muy buen hombre, muy buen médico. La historia de él se la podría contar yo mejor que nadie, pero con calma, ¿eh? No es para dicha en cuatro palabras. Muy bueno el hombre, muy hombre, ya me entiende. Con aquella mujer suya que era una arpía, una morena mal comparada... Se portó muy bien con ella... Pero pídase el taxi y que la lleve allí. O mejor le llama por teléfono porque si tiene que operar no la va a recibir, que él para eso ni a su madre que en paz descanse recibiría... ¿Se lleva los papeles o no?... Si no le sirven, si no los quiere, me los devuelve, que yo ya me había acostumbrado a mirarlos y a tenerlos ahí cuando entro a coger algo, porque desde que él se fue yo ni soñar con meter a nadie en casa. De almacén tengo aquel cuarto. De almacén para cosas delicadas: los sombreros, la fruta, las bebidas finas... Mire, llame cuanto antes, no se le vaya a escapar el mozo ese del taxi. Y luego ¿qué hacemos? El autobús pasó a las cinco y si no viene el que la trajo hay que buscar a otro que puede no ser fácil... Pasada una hora todos se van a cenar y a dormir con la mujer o si no a jugar a las cartas con los amigos, que son muy jugadores aquí. Dicen que es propio de las islas...»

El coche sube dando tumbos por la carretera que circunda la montaña. A cada vuelta del camino se ve en lo hondo El Palmeral. El sol bordea de rojo el perfil de los volcanes. Abajo, el pueblo blanco, las palmeras plateadas, el paisaje inmóvil aparecen envueltos en un resplandor rosado. Un polvo transparente, una neblina leve flotan sobre el valle. Cada vez es más evidente el mar, al otro lado del circo de montañas.

—Está fresco ahí abajo —dice el chófer—. El aire entra del mar como un cuchillo...

Desde arriba la impresión es de pozo. La neblina es ya una gasa cuando alcanzamos la mayor altura del camino. Protegido, arropado, el pueblo casi desaparece.

—Éste es el mejor camino para la ciudad —continúa hablando el conductor—. Por donde vinimos hay que dar un rodeo...

La otra cara de la montaña se abre a un amplio territorio llano y suave que también desciende hasta el mar. Una cadena de volcanes forman barrera por el suroeste. Son más oscuros ahora, con el sol a sus espaldas. La carretera es recta. De vez en cuando una palmera, un molino de viento, una casa con las ventanas pintadas de verde.

El Eduardo que yo digo no tenía mujer... La frase de Ginés vuelve una y otra vez a mis oídos. Eduardo me asesinó en aquel instante, cuando proclamó su viudedad y se quedó mirando la luz que se filtraba por la cortina serpenteante. Y la pregunta decisiva de Ginés: ¿Será el mismo Eduardo el que los dos decimos? Un Eduardo estuvo en la taberna. Tomó una postal del tarjetero que se exhibe en el extremo del mostrador. Me la envió. Volveré pronto... Pero no escribió: Ven. Cuando la recibí, de todos modos yo no hubiera aceptado propuesta alguna. Y de pronto este deseo de saber, de averiguar. Esta necesidad de descubrir las huellas que Eduardo fue dejando en la isla. He tenido escondido este deseo mucho tiempo. Y un día la tarjeta salta a mis pies, me encuentra desprevenida, levanta el velo de mis preguntas y un arrebato me trae hasta este rincón de la isla, hasta la taberna y el hombre que acaba de brindarme la primera pista: Eduardo no tiene mujer. Y yo obedezco ciegamente la sugerencia del tabernero: Vaya a ver al médico, sugerencia hecha precisamente en el momento en que acababa de decidir: Me voy, regreso a casa, preguntaré cuanto antes las horas de los vuelos, ¿dónde hay un teléfono?... Y es entonces cuando el hombrecillo charlatán me dice: Dejó aquí unos dibujos cuando se fue, después de todo lo que ocurrió... Todo lo que ocurrió. Acaso TODO fue la mordedura de «morena», anécdota importante para el viejo...

Al pasar el puente está la ciudad. El puente cruza un brazo de mar, un remolino de escasas aguas sucias en el que se refugian barcas encalladas. Un olor a pescado podrido, a alcantarillado deficiente, se extiende por el barrio modesto de los pescadores. En seguida, la calle principal irrumpe ante nosotros con sus tiendas abiertas, los letreros luminosos, algunos coches que avanzan despacio. Hay un paseo de palmeras a la orilla del mar. Hay un jardín de adelfas en torno a un quiosco de madera pintado de azul. Hay niños que juegan. Al olor de las flores se mezcla otro, dulce y denso; olor a especias, hierbas sazonadoras, incienso. El ocaso fosforece en las fachadas blancas de la calle provinciana.

Se encienden las farolas del paseo sobre el cielo todavía azul y estalla en el aire un anuncio de alegría nocturna que se aproxima.

La súbita inmersión en el núcleo urbano, los bancos, las terrazas de los cafés, el calmoso fluir de las gentes en busca del frescor, la compañía, el alivio de la calle, me hacen sentir con claridad lo absurdo de la situación. Todo era más coherente en la taberna de Ginés. El aislamiento del lugar, la fantasía del narrador contribuían a volver natural nuestra conversación. Hasta la curiosidad que desperté en Ginés. No se atrevía a preguntar, pero en su charloteo lanzó al aire anzuelos de buen pescador. A ver si salta un dato interesante, a ver si le cuento algo que él no imagina y que, sin embargo, desearía conocer. Fue un mutuo sondeo. Los dos queríamos saber más...

El taxista ha dado una vuelta arriba y abajo de la calzada que se extiende entre la acera abigarrada de tiendas pintadas de amarillo, rosa, azul y el hermoso paseo frente al mar. Parece esperar mi decisión. Al fin se detiene.

—¿Se queda aquí? ¿La espero?

Despido a mi guía y prometo llamarle si lo vuelvo a necesitar. Ya estoy sola otra vez. El día ha transcurrido sin saber cómo, traído y llevado por aires suaves que pueden convertirse en tormentosos en cualquier momento. Busco un sitio libre en la terraza junto al quiosco del paseo. A mi lado hay una pareja de muchachos muy jóvenes. Están cogidos de la mano y no hablan. Son extranjeros y parecen cansados.

El café dulce y amargo se enfría en la taza. La luna de África arranca brillos en las palmeras del paseo. Todavía se ve por el oeste el resplandor granate del sol en retirada. Una benéfica serenidad me invade. Una sensación absolutamente física. Me siento enternecida por la pareja que continúa inmóvil con las manos entrelazadas. Los niños han cesado de jugar. Por un momento se quedan quietos. Luego, vuelven a moverse. Los saltos, los gritos, las persecuciones sin sentido. Una madre llama desde una lejanía somnolienta: Cuidado. No te alejes. Ven...

Los hombres con sombrero de pleita, todavía temerosos del calor del día, precavidos ante el posible asalto de una corriente de aire inesperada, fuman ceremoniosamente.

Estoy bien. Me encuentro bien entre la gente. Mi implacable condición ciudadana se tranquiliza. He encontrado un asiento anónimo en una terraza habitada por seres que desconozco. Estoy salvada. Sólo un punto de angustia. El recuerdo de El Palmeral, el pueblo, la taberna. Si me hubiera tenido que quedar allí, en lo que un día fuera cuarto de Eduardo..., sola como Eduardo, en aquel cuarto...

Se veía que le gustaba estar solo, dijo Ginés.

Solo jamás, estuve a punto de gritar. Un vértigo de amigos, compañeros, la calle, los lugares concurridos. La soledad, nunca. Nunca la reflexión, la intimidad. Y sin embargo, ¿me atrevería a decir que Eduardo era alegre? Alegre, no. Pero tampoco triste. Sólo de tarde en tarde se quedaba en suspenso durante unos segundos. Volvía pronto. Regresaba a la acción. Detenerse es morir, decía. Y sonreía. Programaba los días y las noches con la urgente exactitud del corredor olímpico. Ni un segundo parado. A buen ritmo, siempre avanzando... El camarero viene hacia mí respondiendo a mis señas.

—¿Quiere tomar algo más, señora?

No, no quiero tomar nada. Quiero un teléfono. Necesito hacer una llamada. Tengo que hablar con don Martín, tengo que preguntarle si recuerda a Eduardo, el de la mordedura de «morena». Tengo que conseguir que me escuche y, sobre todo, me cuente... Estoy empezando a caer en el corazón de un torbellino. Yo misma soy el torbellino: una materia, cualquiera, que se arrastra en movimiento giratorio.

—Mire, Adriana, cuando usted me llamó me quedé sorprendido. Tanto tiempo sin la menor reacción por su parte y ahora, así de golpe: quiero verle, quiero que me hable de Eduardo...

Difícil de explicar. Difícil intentarlo siquiera.

—Demasiado tiempo, tiene razón. Pero nunca, antes, tuve valor para enfrentarme con un comportamiento que aún hoy me perturba y me niego a aceptar...

Martín sonríe. Su sonrisa es benévola. Ni un asomo de ironía o de acidez. Es evidente que no es un juez.

—No se exalte, Adriana. Le pido disculpas si mi sorpresa le ha sonado a reproche.

Su voz no tiene aristas, es melodiosa y tranquila. Hay una disposición acogedora, confortable, en el hombre delgado y moreno que me observa desde la butaca de mimbre.

—Cuando usted me llamó sentí deseos de conocerla y de hablar con usted, de verdad. Por eso la invité a venir aquí.

Señala a su alrededor con un giro circular de la mano. Quiere decir la casa: el salón-biblioteca-comedor, la cocina al fondo en un nivel más alto que el salón, la terraza en la que estamos. Todo limpio, pero en un desorden generalizado. Las palabras de Ginés me vienen de pronto a la memoria: Aquella mujer, una arpía..., él se portó muy bien con ella... Aparentemente la mujer no ha sido sustituida o al menos no lo ha sido de modo definitivo porque esta casa asentada en lo alto de un acantilado, cerca de la ciudad pero a sus espaldas, sin otra vecindad que el parpadeo de luciérnagas de un racimo de casas apiñadas abajo en la playa, tiene ese desaliño especial que solemos achacar a los hombres que viven solos.

—¿De verdad ha cenado? —pregunta Martín. Y me sirve otra taza de té.

Cuando un rato antes él detuvo su coche al borde del paseo —estoy en la terraza del quiosco, le había explicado yo—, cuando le vi salir de un salto ágil, escudriñando con minuciosa atención las mesas, estuve segura de que él era el don Martín de quien Ginés me había hablado y en ese mismo instante le quité el don que le investía de respeto y edad.

—Martín —llamé levantándome.

Él pareció sorprendido. Dudó un momento, se acercó y me dijo:

—Usted me acaba de telefonear, ¿no es cierto?

Un poco indeciso, dubitativo como si no creyera que era yo la dueña de la voz, la responsable del exigente SOS telefónico que le había apartado de su trabajo en el despacho del hospital.

Y en seguida la reacción cordial.

—¿Ha cenado usted ya?

Un residuo de adolescencia bien educada me hizo mentir.

—Sí.

Pero ante la pregunta ahora repetida, ¿de verdad ha cenado?, confieso un poco avergonzada:

—No, no he cenado, pero no tengo hambre.

Martín sonríe.

—No había cenado —dice divertido—. ¿Y es ésa la forma que tiene usted de andar por el mundo?

Trata de darme confianza. Emplea el tono bienhumorado y tierno que seguramente reserva para sus pacientes: ¿Es ésa la forma de seguir el plan que yo le he puesto?

No hay hielo que romper entre nosotros. Imposible cualquier referencia al frío con este anfitrión afectuoso. No obstante, quizá por esa segunda naturaleza que se desarrolla en algunas profesiones, Martín establece distancias. Se aleja de su interlocutor cuando éste cree tenerlo más cerca.

—¿A qué viene esa timidez en una mujer de negocios? —continúa siempre en el mismo tono comprensivo y a la vez ausente.

Han hablado de mí. Eduardo no ha resistido la tácita invitación de Martín y le ha hecho confidencias. No parece fácil ocultarle cosas. Corro el riesgo de contarle mi vida sin conseguir que él me cuente lo que yo pretendo saber.

—Me alegro de estar aquí, charlando con usted, y espero que comprenda mi interés y mi inquietud por una conducta, la de Eduardo, que me afecta muy de cerca. Necesito saber lo más posible de él durante los meses que estuvo aquí. Necesito saberlo pronto. No tengo mucho tiempo...

Un leve pestañeo. Martín se repliega, abandona su actitud complaciente, inclina la cabeza hacia delante, como queriendo avanzar por encima de la mesa de cristal que nos separa, como queriendo transmitirme con su cercanía física su fuerte convicción en lo que va a decir.

—Adriana, usted es tajante y segura de sí misma. Quiere datos concretos, informes fiables como si se tratara de una operación financiera. Ha aguantado tres años en conflicto con su soberbia y de pronto ha decidido que necesita aclarar sus cosas. Quiere que yo le cuente de su marido, pretende un memorándum detectivesco... Y yo no sé por dónde empezar. Eduardo ha pasado muchas noches charlando conmigo en esta terraza. Necesitaba hablar. ¿Usted no? En cualquier caso, no tenga prisa. Y si quiere saber, aprenda a escuchar. Vaya a ver a Juan el de los camellos, a Miguel el pescador de San Bartolomé. Y a mí también, venga a verme cuando quiera, con calma. Tranquilícese, disfrute de mi isla, descanse. Si ha esperado tres años, puede esperar un poco más. Viva en la isla y trate de descubrir por sí misma lo que vivió su marido. Y recuerde que un hombre no es de una sola pieza y una sola sustancia. Está hecho de trocitos de diferentes materias que encajan unos en otros perfectamente...

La voz de Martín se posa sobre las cosas con suavidad y firmeza. Trata de controlarse y lo consigue fácilmente, pero me doy cuenta de que quisiera zarandearme, demostrarme hasta qué punto estoy equivocada.

Un avión cruza muy alto por el cielo estrellado. Apenas un punto rojo que centellea a lo lejos y se dirige a la Península, a Europa, al mundo que conozco. Con la presencia del avión lo que me rodea se vuelve irreal. Pero es sólo un momento.

Un viento repentino empieza a soplar. Es un viento seco que cruza del desierto por encima del océano. Este viento es real. Como la casa y las rocas y el golpeteo rítmico de las olas y el hombre que me habla y yo misma. Es lo único real sobre la tierra, lo único que yo puedo percibir. El resto, acaso existe pero no lo veo, no lo toco, no lo oigo.

La consciencia de realidad inmediata borra toda sensación anterior. ¿Estaré empezando a aprender? Nada es inquietante a mi alrededor. Las manos largas y finas de Martín, sus movimientos, la eficacia expresiva de sus palabras.

El viento del desierto arrastra entre sus ondas un olor fuerte a mar. La sirena de un barco pide entrada en la bocana del puerto a nuestras espaldas. Todo es inequívocamente real.

También son reales mis lágrimas. Son el precio, real, que estoy pagando por tanta sensación olvidada. Martín me ve llorar silencioso y distante. Como el médico que observa la evolución de un paciente, horas antes en peligro.

Siemprevivas, cardones, veroles, toda la flora isleña brota en las lindes de la carretera. Las plantas retienen agua en sus hojas carnosas, diminutos almacenes de humedad en una geografía reseca. Mujeres inclinadas sobre el campo recogen los frutos de un trabajo duro y paciente. Los pañuelos blancos, la postura, el color de la tierra y el cielo, traen a mi memoria escenas de campesinos egipcios luchando contra el desierto, apenas la humedad del Nilo disminuye en sus riberas.

Eduardo se dejó deslumbrar por aquel país pobre y fértil. Nace un niño cada minuto, nos decían. Y Eduardo miraba fascinado a los niños que sonreían, sucios y alegres, con sus dientes blanquísimos. Parecían felices. No necesitan nada para sonreír, decía Eduardo asombrado. No tienen desajustes emocionales, trastornos de conducta... No están bien alimentados, replicaba yo. No tienen buena atención sanitaria. Pero él seguía obsesionado su razonamiento: Somos nosotros los que destrozamos a los niños de nuestra sociedad.

A la derecha de la carretera hay un camino que responde a las indicaciones de Martín. Una finca cultivada en la ladera de un monte bajo. El dibujo de Eduardo —Camino del Volcán— también señala el cruce. Ha pintado la casa blanca en lo alto de la finca y los bancales de flores —azules, malvas, amarillas— que descienden hasta el camino.

El land rover alquilado esta mañana va dando tumbos por el terreno desigual. El camino parece continuar, rumbo a ninguna parte. La soledad es total. No hay rastro de vegetación al avanzar hacia el interior. Los bloques de lava lo cubren todo y producen una sensación de aniquilamiento. La tierra ha sido arrancada y arrojada lejos, desterrada. El camino asciende por una cuesta. En un recodo aparece una explanada y en ella, agazapados sobre sus rodillas, hay un grupo apretado de camellos. Un niño surge de algún punto. Quizá dormía la siesta en el revuelto conjunto de animales, sillines, colchonetas de colores. Me detengo. Pregunto al niño.

—¿Conoces a Juan?

Asiente con gestos, pero no se acerca. Soy yo la que desciendo y me aproximo a él.

—Me han dicho que lo encontraré por aquí, al pie de la montaña.

El niño señala sin palabras en dirección contraria a la que yo he tomado. Una casa blanca destaca en medio de una mancha verde.

—¿Allí? —pregunto.

Ahora sonríe. Se decide a hablar.

—Sí.

Le doy las gracias y cuando retrocedo ha desaparecido entre los camellos quietos y adormilados.

—Pues claro, mi niña, claro que le conozco. Es mi hijo y lo tengo allí cuidando al camello porque a cualquier hora, cuando menos se espera, viene un grupo a visitar el volcán... Pase a la sombra. No se quede ahí parada, que se va a achicharrar... Tan blanca la mujer, se nos abrasa, Esperanza. Pase a la casa, mire qué fresquita. Y de noche no quiera usted saber... En verano, no. Claro que hay diferencia, cristiana. En verano hace mucho calor... Tenemos estaciones, no se vaya a creer. En el invierno sólo van sin ropas los extranjeros... Esperanza, tráele agüita con miel a la señora. Miel y limón, ya verá qué refresco... Así que me la manda don Martín... Ay, ese don Martín, qué buen médico, oiga, qué bueno con la gente... Usted va al hospital y si no es de urgencia quedarse, él la manda para casa y la viene a visitar, las veces que haga falta..., que no es su obligación, que otros no lo hacen... Esperanza, la señora es la señora del señor Eduardo el del volcán... Siempre en el volcán, siempre mirando al volcán... Luego sube usted conmigo, la llevo por el caminito que a él le gustaba. Nadie va por allí, ya verá... Esperanza, saca a la niña, que a ésta no la conoció el señor Eduardo. Mire, ésta es Inesita... Con lo que a él le gustaban los niños... ¿A quién va a ser, mujer?... Al señor Eduardo, ¿de quién estamos hablando?... Con entusiasmo hablaba él de los niños. Tanto que cuando yo le decía: Los hijos son lo mejor del mundo; porque eso es lo que pensamos los pobres, me parecía a mí que al señor Eduardo, que era de buen vivir, tan educado, tan rubio como usted, si hasta se parecen ustedes, ¿no, Esperanza?... Bueno, pues yo creía que para gente como él puede que no fueran los hijos lo mejor de la vida..., y como él me había dicho que hijos no tenía... Pero, qué va, él igual que yo. Los hijos, lo mejor de la vida, Juan, me decía. Si no fuera por los hijos, ¿tú lucharías, Juan? Y yo, claro, le contestaba, pues yo me creo que no, señor Eduardo... Pero usted sí que tendrá otras cosas por las que luchar... No, decía él, no... Bueno, y ahora le toca a usted venir a darse un viajecito, ¿eh?..., tanto que le hablaría él de la isla... ¿Le habló de nosotros? ¿Le habló del crío, el que vio usted con los camellos? Ése le hacía mucha gracia, lo sentaba en las rodillas y le contaba historias..., se empeñaba en que viniera con nosotros al volcán... ¿Qué, le gusta el hidromiel? También a él le gustaba... Y el hombre, ¿cómo anda? ¿No piensa volver por aquí? Un día le pregunté al doctor y me dijo, no creo, Juan, no creo... Pero quién sabe, a lo mejor algún día... Las cosas pasan y se olvidan y al fin y al cabo lo pasado, pasado está... Esperanza, para qué me haces señas... A ver si crees que la señora es como tú. La señora conoce la vida y entiende las cosas... Vaya, parece que va refrescando un poquito. Cojo el sombrero y nos vamos para allá con grupo o sin grupo..., la llevo yo a escuchar las entrañas del volcán...

Juan está de pie a mi lado, me observa expectante.

—¿Lo oye, verdad?

Y sonríe triunfador cuando le digo:

—Sí, lo oigo.

O creo oírlo. Siento que algo bulle ahí dentro no sé si en el volcán o en mi cabeza trastornada por el sol y las palabras de Juan. Eduardo amante de los hijos. ¿Es posible la introducción temporal de otra psique en la vieja envoltura? Viudo en el norte de la isla, deseoso de hijos en el sur, protagonista de un hecho que ignoro y al que han hecho alusión los dos amigos. Algo que, seguro, también Martín conoce...

Juan parece feliz.

—¿Lo ha oído, mi niña? Late y late el corazón del volcán. Pero está muy abajo, muy en lo hondo, no crea que va a explotar así de pronto...

En la breve excursión a camello, Juan camina junto a mí, con la mano apoyada en el sillín mientras el niño, en el otro lado, trata de echarse hacia afuera para conseguir el equilibrio.

—Los demás ya han salido —dijo el chico cuando nos acercamos en el coche.

—Usted deja el vehículo aquí mismo y se sube al camello. Tú te subes también con la señora...

La senda llana y apisonada continuaba por el borde de la montaña, pero Juan no la siguió. Condujo el camello por una cuesta marcada apenas por leves huellas. Lo sujetaba de las bridas y me tranquilizó.

—Agárrese bien, que no hay cuidado.

La tierra que pisamos es un polvo ocre de lava triturada. En un punto del inexistente camino, Juan detiene el camello. Me ayuda a bajar. Saca del pecho un revoltijo de cables y me lo ofrece. Es un viejo estetoscopio. Me invita a ponerlo en mis oídos y me señala hacia abajo. Me arrodillo y coloco sobre la tierra caliente el detector. Creo oír un ruido sordo, un borboteo de agua lejana que se despeña. Juan repite: ¿Lo oye, verdad?...

Al descender hay un halo violeta detrás de los volcanes. Unos abren al cielo sus fauces agrietadas. Otros están intactos, frutos no maduros todavía.

El agua está fría y me arde la piel mientras avanzo en busca de suficiente hondura. Cuando me sumerjo, un escalofrío me sacude y me cuesta trabajo respirar. Pero es sólo un instante. Lo que tardo en moverme deprisa, en golpear furiosa la superficie brillante. Lo que tardo en dejarme llevar por una ola para regresar al encuentro de la próxima y recibirla a contracorriente, deslizándome bajo su empuje.

Las playas del sur de la isla son blancas. Al salir del agua, ando descalza por la arena hasta llegar al muro de piedra donde he dejado mis sandalias. En el coche, cambio el bañador mojado por el vestido de algodón, todavía caliente. Busco un jersey en el cesto y me lo enfundo con placer. La piel fresca y el cuerpo arropado me producen un infinito bienestar. Al arrancar el coche, tarareo una canción. Hace una hora, al regresar del encuentro con Juan, me dolía en la espalda el peso de la tarde. Una tarde calurosa que se diluía en rosas, sienas, nubes blancas nimbadas de oro al llegar a la carretera.

En el cruce, una flecha de madera indica con letras negras: «A la playa, seis kilómetros». Y la tentación del baño se vuelve irresistible. Todo esta-

do de ánimo obedece a causas físicas, solíamos decir Eduardo y yo. Y cuando uno de los dos estaba
deprimido, estarás enfermo, decíamos, porque si el
malestar, la desazón, tuvieran otras causas, lo sabría-
mos. De la misma manera, el baño con su estela de
sensaciones placenteras barre en mí la inquietud
producida por el tramo de laberinto recorrido esta
tarde.

    El coche vuela. La carretera es una línea recta
que atraviesa la isla de norte a sur. Hay que cruzar
la ciudad en este recorrido que me lleva al hotel.
Me detendré en el paseo. Me quedaré un buen rato en la terraza del quiosco pintado de azul. Necesito prolongar esta impresión de plenitud. Tengo
que dirigir hacia vías muertas las preguntas. Por
ejemplo, por qué Eduardo dijo: Si no tuvieras hijos, Juan, ¿tú lucharías?...

    Estaba todo claro cuando hubo que tomar
las decisiones. Ni el menor riesgo, ni el más leve temor, decía Eduardo. No podemos alterar nuestra
armonía física. No es necesario. Nos bastamos los
dos. Los hijos entorpecen, disminuyen, desunen...

    Las huellas de Eduardo están ahí, pero me
resisto a intentar descifrarlas. Mi respuesta es zam-
bullirme en el agua, gozar de un baño espléndido
y, luego, ponerme a cantar. Me estoy convirtien-
do en una extraña...

    Los helechos colgados del techo derramaban
su pompa vegetal sobre las cabezas de los comen-
sales. Por la ventana abierta se veía el mar. Hacía un
rato que el faro exploraba con su ojo incansable la
lejanía.

—No lo sé —dijo Martín—. No sé si Eduardo sabía bien por qué estaba aquí...

Comía con esmero los peces de la isla: pargos, samos, «viejas», bocinegros. Una fuente de cuerpos brillantes un momento antes, cuando el muchacho del delantal blanco la alzó ante nosotros en ofrenda, como un tesoro.

La tarde había transcurrido sin tensiones. Por el contrario, un humor juvenil me había hecho saltar de un tema a otro, de una observación ligera a una confidencia trivial.

Martín me contemplaba un poco perplejo. Probablemente venía preparado para defenderse de mí. Porque había un matiz de impaciencia en sus palabras cuando me llamó al hotel y me dijo: Estoy dispuesto a que hoy no se quede sin cenar... Y luego añadió, dando por sentado que yo estaba deseando esta propuesta: Podríamos charlar un rato y luego la llevaré a comer un buen pescado.

Seguro que esperaba mi asedio. Estaba listo para eludir los puntos de fricción y dar por terminado el enojoso asunto de mi investigación sobre Eduardo. Por eso tuvo que defraudarle mi actitud despreocupada, mi entusiasmo por el lugar del encuentro, un bar acristalado sobre una fortaleza que empujaba hacia el mar su proa de barco de lujo. Miré a Martín sin la ansiedad del primer día, cuando sólo veía en él un testigo importante de hechos, posibles sucesos que yo intentaba aclarar. Ahora era sólo un hombre sentado frente a mí, que aparecía enmarcado por un friso de embarcaciones de colores con nombres de mujer en los costados.

—Sólo he hecho un crucero en mi vida, antes de casarme —me encontré diciendo—. Después, nunca, porque a Eduardo no le gustaba el mar...

Estuvo a punto de replicar, pero se contuvo. Guardó silencio esperando que yo siguiera, llevada por esa exaltación que me había invadido desde el momento en que llegó a buscarme con su aire de muchacho que acude a una cita y no sabe si va a conducir a algo o simplemente va a desleírse en las luces del crepúsculo.

Pero yo sabía que el muchacho era un hombre y venía a mi encuentro para obsequiarme en honor de Eduardo y al mismo tiempo librarse de mi intento de arrancarle secretos del amigo lejano.

Así que cuando al fin, entrada la noche, me decido a preguntarle: ¿Tú crees —y me descubro utilizando el TÚ—, tú crees que Eduardo vino aquí con un plan previo, o fue todo casual, un arrebato pasajero que se alargó fortuitamente?...

—No lo sé —había contestado él. Tranquilo, absorto en el deleite del momento.

Martín ha terminado de comer. Me mira. Una nube, una sombra pasa por sus ojos. O es sólo el oscurecimiento definitivo de la tarde, allá por Occidente. Sí. Va a hablar. Sí. Va a arrojarme del ámbito gozoso en que he creído moverme todo el día. Se inclina un poco hacia mí en un gesto que parece repetir cada vez que exige atención.

—Adriana —dice, arrastrando con suavidad el nombre, rozando apenas la erre, reduciendo la abertura de las aes—. Adriana —repite—, yo no sé por qué vino Eduardo a la isla, pero algo puedo asegurarte. Cuando vino a verme la primera vez, le curé su mordisco de «morena», pero en seguida descubrí otras heridas...

—¿Qué heridas? —le pregunto—. ¿Quién ha herido a Eduardo?

Martín esperaba la pregunta y el furor del reproche subyacente.

—Tú también estás herida —afirma—. Todos lo estamos aunque no queramos aceptarlo...

De una mesa cercana se levanta un hombre grande y tambaleante que viene hacia nosotros. Se aproxima a Martín y le golpea los hombros, regocijado.

—Mira quién está aquí, Martín el ermitaño...

Martín se ha levantado. Saluda al hombre y trata de apartarlo, trata de devolverlo a su mesa.

—Nos vemos un día de éstos, ¿te parece? Ahora no puedo...

El hombre me observa; en sus ojos brilla el alcohol.

—Ya veo que no puedes —dice con descaro—. ¿Y dónde encuentras tú damas de este calibre?

Hay gente que nos mira desde otras mesas. Con su irrupción, el intruso ha destruido la neutralidad del lugar.

Al fin Martín consigue llevárselo y, al volver, anuncia lacónico:

—Nos vamos.

Estoy a punto de preguntar ¿adónde?, porque no puedo aceptar la idea de volver al hotel, la perspectiva de quedarme sola. No dura mucho mi desánimo porque ya en el coche, antes de arrancar, oigo a Martín decir:

—Vámonos a mi casa.

Sin preguntar, sin consultarme. Con la seguridad de quien suele decidir lo que conviene a los otros. No contesto. Me siento náufraga en una isla cuyo único habitante es un hombre tranquilo e imperioso que conoce la clave de la supervivencia. Una oleada de paz desvanece todos mis sobresaltos.

No me puedo dormir. Una y otra vez vuelven a mí fragmentos de la conversación con Martín. Trato de relajarme como en las noches que siguen a días de trabajo excesivo en los cuales bailan los proyectos ante mis ojos, suenan las discusiones en mis oídos. Noches en las que enciendo muchas veces la luz, trato de leer, apago rápidamente cuando el libro se cae de mis manos. Y justo al descender la oscuridad, de nuevo asciende el desvelo, la retahíla fatigosa de argumentos, el descubrimiento de un detalle olvidado que a esas horas parece fundamental. Es la exasperante irritación de los insomnios transmitida de uno a otro, de mí a Eduardo y de Eduardo a mí hasta el punto de habernos decidido a dormir en cuartos diferentes para no torturarnos con desvelos imposibles de sincronizar.

Enciendo la luz. Rememoro las palabras de Martín. Reconstruyo las mías. Compruebo que no he olvidado nada. Trato de reunirlas en grupos de contenido afín. Es necesario hacer pequeñas síntesis como en la época de exámenes. Anotar palabras clave que sirven de estímulo para recordar el capítulo completo. Apago la luz. Como en una película, las secuencias vuelven a aparecer ante mis ojos. Como en una película se repiten los diálogos.

—... Tan herido estaba —dijo Martín— que llegó a hablarme del suicidio... No tiembles... El hombre se debate entre el deseo de vivir y el deseo de morir. Eduardo buscó una salida: la huida. El suicidio es la desaparición de uno mismo, la destrucción total. La huida es un deseo de que desaparezca lo que nos está impidiendo vivir. En la huida hay esperanza y búsqueda...

—Nunca me habló de suicidio ni de huida —dije yo.

O no. No fue así. Yo intervine después de que Martín dijera:

—Necesidad de desatarse de tantas cosas. Ser libre, otro deseo permanente del hombre...

Entonces es cuando hablé yo.

—Desatarse de mí. Nunca me dijo nada parecido. Nunca me habló de que yo le impidiese ser libre. Nunca me habló de suicidio ni de huida...

Martín se impacienta.

—Trata de entender. Va más allá de vuestro lazo y de todos los lazos. Trata de comprender a Eduardo. Por un lado, su deseo de ser libre, y por otro su capacidad de echarse grilletes encima, responsabilidades, compromisos. Es difícil encontrar el equilibrio entre tantos tirones contrapuestos...

—Si hablas del trabajo —dije yo—, no lo entiendo...

Me parecía que encontraba en el trabajo compensaciones que quizá en otros aspectos le faltaban. Me parecía que las carencias iban por otro lado: el ocio, por ejemplo. No se quejaba, pero yo veía que su ocio se reducía cada vez más. Y era un ocio controlado: tenis, exposiciones, excursiones, conciertos, todo obligado... Pero no, todo no. En los conciertos era yo la obligada. Eso no se lo dije a Martín. Para Eduardo la música era el único tiempo de sosiego... La orquesta comenzaba a tocar y el gran silencio de los melómanos se extendía por la sala. Eduardo se sumergía en el único mundo que le pacificaba. Los sonidos no sólo penetraban por sus oídos; parecía que todo su cuerpo era un gran receptor. Los rasgos de la cara se suavizaban. Desaparecían las pequeñas arrugas de la frente, la boca se volvía curva y carnosa, los ojos más abiertos, más grandes. Todavía continuaba en éxtasis al estallar los primeros aplausos y casi hasta pisar la calzada... Esto no se lo dije a Martín. Tengo que hablarle de ello. La agenda. La abro por la última página escrita. Billete de avión, dice. Y luego la larga lista de encargos para cada una de las personas que tiene que cumplirlos.

Busco el día de hoy. Apunto: Martín, música.

No le hablé de la música, pero seguí hablando del ocio.

—En los ratos de ocio era cuando asomaba en Eduardo un poso de inquietud. Yo creía que seguía pensando en su trabajo y le pedía: Olvídate de todo. En el ocio había sombras. En el trabajo no. Estaba alegre en el trabajo...

Martín me interrumpe.

—Ha estado absorto en el trabajo. Narcotizado con los aspectos superficiales del trabajo: horarios, problemas urgentes. Pero el conflicto es más profundo. Está en la última justificación de ese trabajo. Hay muy pocos trabajos esenciales. Pocos que se justifiquen en sí mismos. Si te fijas, continúan siendo los mismos de las tribus primitivas. El hombre caza o pesca, levanta su casa con sus manos, cultiva la tierra..., y un poco más.

Yo me rebelaba. No podía aceptar las palabras de Martín, tan seguras, tan frías. No podía soportar su descripción meticulosa de un cuadro patológico cuyo sujeto era Eduardo.

—No puedo creer que me ocultara todo eso. Hablábamos de tantas cosas...

Pero Martín tiene siempre nuevas razones, pruebas de repuesto para afianzar sus afirmaciones.

—Es difícil hablar —me aseguró—. Es difícil coincidir en los momentos cuspidales. Las relaciones humanas son un constante desencuentro...

No me doy por vencida. Retrocedo al deseo de desaparición que según él asediaba a Eduardo.

—No hay justificación para la huida. Es una traición y un abandono.

—Entonces —dijo Martín, y en su voz se notaba el cansancio—, ¿a qué has venido? ¿Qué quieres saber?

Las dos preguntas de Martín han quedado enganchadas en mi insomnio; martillean, machacan mi cerebro. A qué he venido, qué quiero saber... Hay una zona de sombras entre Eduardo y yo: los meses que él vivió en la isla. Entre los dos tejimos un entramado de explicaciones simples para ofrecer a los demás: cansancio, estrés... Sellamos ambos un pacto de silencio. Nunca hablaremos de esos meses... Pero yo necesito saber...

En algún momento me he quedado dormida. Por mi sueño flotan fantasmas. Un Eduardo que inclina su cabeza y me dice en voz baja: He descubierto la verdad. No puede ser, le grito. Pero no es de Eduardo la cabeza inclinada. Es oscura y al alzarse veo los rasgos de Martín. Es él quien di-

ce: He encontrado la verdad. Sus negros ojos brillan fulgurantes. Respiro aliviada y me digo: Él sí,
pero no Eduardo.

«... A mí me parece que nos engañó al principio, cuando llegó y el hombre no tenía por qué
contarnos su vida entera... Todavía no éramos amigos y se conoce que él dijo: Soy viudo y ando de-
sesperado, y le pareció que con esa explicación ya
bastaba, se acabaron las dudas, se acabó el preguntar por su señora y por dónde está y cómo ella no
viene y cómo anda usted por ahí como perro sin
amo... Luego, era tarde para decir la verdad, y
sobre todo que ya nadie le iba a preguntar nada, a
nadie le importaba, cuando era amigo de todos, lo
que había pasado en su vida de antes... Y ahora
cuando me dice don Martín que está aquí su señora, me quedo de piedra, oiga, y usted perdone si el
otro día le falté, que no creo porque yo en seguida
pensé que su señora no, pero algo importante de
él sí debía de ser usted, porque si no, a qué venía
tanta pregunta y tanto ¿le conoció usted?, ¿y cómo
vivía?, ¿qué hacía? Por eso le di yo lo que tenía de
él, los dibujos, que no se los habría dado a cualquiera... Así que la señora de Eduardo... ¿Y él cómo está? De viaje por el mundo, es viajero el hombre. Pero esta vez no va de escapada... Ah, ahora le
toca a usted la escapatoria... Perdone, no he querido decir que usted también como él, vamos, que
yo no pienso que va a pasar con usted nada de lo
que le pasó a él, que no, que no... Es que a fuerza de
hablar se le va a uno la lengua más de la cuenta...,
porque digo yo, a mí quién me mandará liarme...

Me debía haber servido de lección la que armé
una vez aquí en el pueblo, sin querer, sin afán de
hacer daño, sólo por hablar... Había un vecino al
que le quería todo el mundo y venía por la tarde a
la taberna; porque a la tarde es cuando vienen los
hombres a tomar un vasito y se charla y se cuenta
o se calla uno, que no crea usted que aquí la gente
es como yo, de mucho hablar..., aquí hay mucho
quieto parado..., pero a la fuerza de los años acaba
uno sabiendo lo que todos piensan o hacen..., bueno, pues aquél era hablador el hombre y un día me
dijo: Tengo pensado irme a América. ¿A América?, le dije yo, estás loco, cristiano, eso de América
se acabó, eso era de nuestros padres y más de nuestros abuelos, pero la América ahora es para los ame-
ricanos... Que no, que no, que lo estoy pensando
mucho, Ginés, que aquí no arranco, que aquí vivo muy mal... Pero, paisano, le dije, y cómo vivimos
los demás, cada uno agarrado a su timón, pero qué
crees, que allí te van a dar el oro por lo retinto y
feo que eres... Él se reía mucho conmigo y aquello
de feo le hizo gracia y se rió..., pero por poco tiempo porque gracias a mí tuvo mucho que llorar y
penar luego... ¿Que cómo fue aquello?, pues ya verá, mi hija..., pero tómese algo, mujer, un traguito
de algo, un ron seco o una cosa fresquita, un cuba-
libre de ésos..., bueno, pues una mañana aparece
por aquí la suegra de él, que es una bruja con perdón de la palabra, una bruja, y me empieza a son-
sacar, oye, Ginés, que mi yerno viene por aquí,
ya sabrás tú algo de su proyecto, y yo como un par-
go que muerdo el anzuelo y le digo, claro que sé y
me parece un disparate..., pero yo no seguí porque, ya digo, esa mujer no es de mi gusto..., pero

ella, dale, que si a ti te habrá dicho él, que si tú le
habrás aconsejado bien, que si mi pobre hija qué
va a hacer y yo que en un momento determinado
me voy de la lengua y le digo: Yo ya le di mi parecer,
como yo lo veo: que te dejes de Américas, Bartolo,
que no hay más América que el trabajo para nosotros... La que se armó, señora Adriana, la que se
armó... Aquel pobre Bartolo casi muere a manos
de la suegra, porque ya ve usted, ella no sabía nada
la ladina, ella quería saber y me tiraba de la lengua,
por si sacaba de mentiras, verdades..., ella se olía que
el Bartolo andaba inquieto y no sabía si era cosa de
faldas, de dinero, de salud..., y mire usted por dónde yo le di todita la información; pobre Bartolo...,
pero yo también digo, a él cómo se le ocurre ir contando a los amigos lo que tiene entre manos y no
advertirnos: cuidado con mi suegra..., el infeliz ni
imaginaba que ella me iba a venir con la sonsaca...,
pero vamos a lo suyo, usted no viene a sonsacarme,
¿o sí?..., usted viene a saber cómo le fue a Eduardo
por estas tierras. Usted debe venir de vacaciones y
habrá usted dicho, pues me acerco a conocer a los
amigos de Eduardo y ellos me contarán cómo le
fue por aquí. Y además a mí don Martín no me ha
pedido secretos y él bien sabe lo que Eduardo hizo
o no hizo y lo que se puede o no se puede contar..., porque usted estará de acuerdo que un poco
raro sí andaba el hombre..., venirse aquí a mi casa
en lugar de dormir en el hotel como hace usted...,
y dinero no era porque se veía en seguida que de
ahí no cojeaba, al contrario, mire, estando él aquí
se le hundió la barca al Gordito, uno de Santa Brígida que es descuidado para sus cosas, tan descuidado es que se ha llenado de hijos por no apartarse

a tiempo, usted me entiende y perdone..., bueno
pues nunca cuida de la barca, ni la pinta, ni la re-
para, ni la amarra bien..., total que una noche de
temporal, el mar que se la lleva, se la arrastra y la
estampa contra los acantilados del otro lado del
puerto, que aquí todo es mar abierto en cuanto
abandonas el refugio del puertecito... Él que llora,
que gime, que patalea, que se emborracha, que no
resuelve nada y aquellos hijos si poco pan tenían,
menos ahora, y mire por dónde Eduardo se entera, porque aquí se entera uno aunque no quiera de
lo que pasa a los demás, aquí ni puerta tenemos en
las casas, ya lo ve usted, de modo que las desgracias
y las pocas alegrías están a la vista de todos..., bien,
pues Eduardo que se va para él y le dice: Tú cuánto
necesitas para la barca nueva..., y él, que no, señor
Eduardo, que no puede ser, que no se lo voy a poder devolver..., y Eduardo que se lo da y que nadie
hable más de ello, que ojalá todo fuera tan fácil,
que aquí vivís como personas humanas y no como
nosotros, entre fieras..., eso sí, a él no le gustaba
hablar de su vida..., se ponía hosco si yo le preguntaba, si le decía: Pero, hombre, Eduardo, cuénte-
nos cómo es aquello, qué vida es la suya en esa ciudad tan grande con casas rascacielos y tanto lujo y
tanta comodidad..., yo veía que entonces se ponía
serio y no quería hablar..., no, me decía, no quiero
acordarme de mi vida, Ginés, déjame estar tranquilo aquí contigo o con vosotros, si había alguno
más en la taberna..., aquello es un infierno..., yo
no entendía bien, porque me parecía a mí que el
infierno sólo es para los pobres en este mundo, en-
tiéndame, no hablo del infierno de la Iglesia y esas
historias, hablo de aquí en la Tierra..., yo le decía

para cambiar la conversación..., mire, Eduardo, usted no sabe nada del infierno, infierno esta isla en la época de mis tatarabuelos, cuando estallaron a la vez treinta volcanes, o cincuenta, vaya usted a saber..., mi abuelo se acordaba de lo que le contaba el suyo..., dormían todos y de repente que empiezan los truenos en las entrañas de los montes, que empiezan a sonar y la gente que dice, el fin del mundo..., y corren hacia la playa, hacia las barcas..., y contaba mi tatarabuelo, que era del sur, que parecía el fuego del infierno bajando por las laderas y parecían los cañones de Pedro Botero lanzando al aire peñascos al rojo vivo que rodaban arrasando cultivos y animales y viviendas..., y su pueblo, el del abuelo de mi abuelo, quedó sepultado y el cura les decía, castigo de Dios por vuestros pecados, y contaba mi abuelo que el suyo se indignaba todavía más al recordarlo y gritaba: Pecado, ser pobre, pecado, tener que empezar otra vez a vivir sin casa, sin tierra y sin ganados... Yo no sé para qué le cuento tanta historia, señora Adriana..., ¿sólo Adriana?, bueno, pues Adriana, después de todo a él le llamaba Eduardo; me lo pidió él, me dijo: Ginés, déjate de señor ni señor, llámame Eduardo como yo te llamo a ti Ginés..., porque llano era muy llano conmigo y con todos..., le gustaban mucho las historias. Decía, cuéntame más cosas, Ginés, cuéntame lo que quieras, todo lo que me dices me gusta, me interesa, como que yo llegué a creer que era uno de esos que luego escribe lo que le cuentas para libros o radios o cosas así, pero no, porque él no apuntaba nada, era sólo por gusto, porque le descansaba oírme y se olvidaba de esas luchas que él decía de la selva de cemento y de las fieras y se le quitaba la arruga de entre las cejas, mismamente aquí se le ponía un ceño así como atravesado si acontecía algo relacionado con su vida de allá que es cuando yo cambiaba el rumbo hacia otra historia... Los volcanes le gustaban mucho. Se quedaba mirando para ellos y decía: Oye, Ginés, hasta cuándo estarán dormidos. Yo le decía: No se apure, que tienen siesta para rato... No me preocupo, no creas que tengo miedo, decía él, es que pienso yo que un volcán es como un hombre que un día explota y a lo mejor echa fuego y lo arrasa todo..., él lo explicaba mejor, claro, mejor que yo se lo cuento, pero luego se echaba a reír y decía, me voy a la mar, Ginés, ahí te dejo. O me voy a ver a Martín o me voy... Bueno, más adelante ya no, después de las cosas que pasaron se volvió muy callado y ya no quería ni oírme. Yo creo que venía sólo para que yo supiera que él todavía era mi amigo pero no disfrutaba como antes, qué va..., ya nunca volvió a ser el que era...»

Si en ese instante no hubiese entrado el viejo, con el sombrero de pleita encasquetado, la camisa de franela amarilla flotante en torno a sus esqueléticas caderas; si no se hubiera sentado en el banco a la derecha del mostrador, exactamente enfrente de mi mesa, adjudicada por Ginés desde el primer día, ¿la mesa en que Eduardo solía comer, beber, desde la que escuchaba sus historias?; si el viejo no se hubiera instalado con calma, desplegando su inacción como un manto a su alrededor, anunciando un reposo quizá de horas, yo hubiera seguido allí, esperando la confesión que estaba a punto de brotar de los labios de Ginés. De no ser por el viejo, que cortó en seco con su entrada el torrente de palabras del tabernero, quizá yo habría tocado al fin la pieza misteriosa que me falta, la valiosa pieza que explicaría el funcionamiento de un delicado mecanismo: la conducta de Eduardo.

Y una vez conseguida la clave, una vez observada al microscopio, comprobada su validez y veracidad, contrastada quizá con la eficacia analítica de Martín, podría dar por terminada la investigación, abandonar la isla, regresar...

Me levanto y me despido de Ginés. Él protesta y alza las manos al cielo: Pero ¿cuándo va a volver?... Pronto, le digo, pronto...

El coche arranca y el polvo nubla la imagen de Ginés en la puerta, reflejada en el espejo retrovisor.

Extiendo sobre la mesa los dibujos de Eduardo, los caminos que recorrió en la isla. ¿Cuál elijo? Uno indica: camino del Caletón, y hay unas barcas varadas al final del camino. El caletón de Santa Brígida, había dicho Ginés, allí iba él con frecuencia...

Las flores amarillas tiemblan entre las hojas de las acacias al borde de la carretera. Antes de llegar al pueblo hay un camino que lleva al caletón y a las barcas ribeteadas de espuma marina, prisioneras entre las rocas de lava y la arena. Los cormoranes picotean restos de pescado en el fondo de las embarcaciones. Sobre el camino y las rocas y el mar se extiende el silencio. Líquenes grises brotan en las laderas de la montaña coronada por un cráter puntiagudo. Desciendo del coche y bajo a la playa. Al saltar de roca en roca, resbalo y caigo de rodillas en el fondo de una barca pintada de verde. *Luz del mar* es el nombre escrito en el costado. En esta caleta perdida donde todo parece un inmenso derrelicto, percibo de pronto la atávica debilidad del hombre. Sólo el mar y las rocas y el fuego agazapado en la montaña son fuertes... Un tranquilo sosiego me embarga. La soledad del lugar no es opresiva. Por el contrario, borra las lindes de mi cuerpo, lo transforma y lo funde con las cosas. Me pregunto si Eduardo se quedó como yo anclado en esta cala o pasó de largo hacia el poblado marinero grabando en su retina fugazmente las barcas que dibujara luego...

Hace calor. Dejo el vestido sobre una piedra seca y avanzo tambaleante hacia el agua. El bañador se adhiere a mi cuerpo como una segunda piel. Ya verá usted, había dicho la vendedora, el bañador lo necesita a cualquier hora en la isla... El agua inmóvil, fría, deja ver peces raudos que huyen entre mis pies, cangrejos que se ocultan torpemente. El agua es transparente pero el fondo de arena y piedra quemada la vuelve negra. De pronto siento miedo. Un peligro desconocido me amenaza si avanzo más por este mar oscuro...

«... Pero si el agua está quieta, mujer, resguardada, si no pasa nada. Es un caletón muy cerrado, como un lago, ¿no lo ha visto usted? Por eso están las barcas allí, muy protegidas. Hay pulpos, sí, se pegan a las rocas en la salida del caletón, donde bate el agua. Pero ahí dentro no, mujer, todo lo más algún pequeñito, los grandes no... Me pregunta por Miguel, pero qué Miguel, porque hay tres, Miguel el de la tienda, Miguel el Cojo que anda arre-

glando barcas porque no puede salir a la mar con
la pierna renga y Miguel el Moro, que es del pueblo pero como estuvo mucho tiempo por África en
la pesca, se quedó con lo de Moro... Ése sí, ése sigue pescando... ¿Para qué lo quiere? Porque él la
barca no la suele alquilar... Él la usa para lo que es,
para pescar. Es muy hermosa la barca de Miguel y
la trabaja con los dos hermanos, se defienden bien.
Vive a la vuelta de la iglesia pero no sé si le va a encontrar... Por aquí suele venir más tarde. Si quiere,
lo mando a buscar... Bastián, vete a casa del Moro
y te lo traes. Si está, chiquito, claro, si no está no
veo cómo lo vas a traer..., dile que una señora quiere verlo... Mire qué gloria lo que me han traído
hace un rato, mire qué peces. Me los dejan aquí y
yo si alguien los quiere se los preparo o se los vendo
enteros... ¿Usted no querrá alguno? Mire éste cómo
reluce, si parece que va a saltar. Levante las agallas,
¿ve qué sangre más roja? En la capital no lo encuentra usted igual, se lo digo yo... No se anima...
Si no tiene casa es natural... ¿Se lo preparo yo para
la comida con sus hierbecitas y su sal y su pican-
tito?... Así que Ginés la mandó aquí. Él siempre
para en mi casa cuando sale de su agujero. Yo no
sé cómo puede vivir en ese pozo de palmeras... Teniendo aquí al ladito el mar. Cuando sale, él se
viene acá, se toma su copa, si hay un pez bueno
se lo lleva para comérselo él solito, lo cocina muy
bien, se lo hace él todo... Bastián, qué pasa, no estaba el Moro... Pues no sé qué decirle, él a la mar
no vuelve hoy, él sale de amanecida... Pero adónde habrá ido no lo sé... Si usted quiere yo le doy
el recado. ¿Quién le digo que vino?... La mujer de
Eduardo, ¿el pintor?..., bueno, él pintaba, el rubio,

el que le decíamos el Inglés por lo claro y porque aquí nos gusta poner nombres..., y también porque un día se emborrachó en mi casa con una pareja de ingleses viejos y no vea, todo en inglés, y aquí los demás escuchando y no cazábamos nada, pero cómo se reían... La señora de Eduardo... ¿Le ha pasado algo?... ¿Y cómo no viene él? ¿Y cómo la ha dejado venir sola?... Yo a mi dueña no la dejo salir más allá de la iglesia, qué quiere usted, costumbres nuestras, atrasadas, ya lo sé, pero no crea que ella, ella tampoco iría lejos si la suelto...»

Todavía siento en la boca el sabor a hierbas del pescado que comí en el figón. Estoy inquieta y cansada. Tengo que llamar a Martín. Necesito hablar con él. Es la única persona que puede escucharme. Necesito explicar a otro lo que no puedo explicarme a mí misma. De nada sirve el conocimiento de hechos que van apareciendo ante mí por boca de testigos casuales que me ofrecen su versión. Una versión transformada por el tiempo, confusa desde el principio, desde el momento que ellos forjaron una imagen del personaje.

Mientras esperaba la posible aparición de Miguel el pescador, el dueño de la fonda me llevó a la trastienda, a lo que parece ser comedor familiar, cubículo privado de tratos y discusiones. Allí, sobre un aparador de caoba —resto de un naufragio cercano o compra o trueque—, hay un cuadro colgado. El marco de escayola pintada de purpurina es un friso de sarmientos retorcidos, con racimos de uvas. La pintura que el marco encierra y enaltece es un paisaje de trazos simples y enérgicos, una pintura sensible sin la menor pretensión técnica. No obstante, hay en él una extraña armonía y una conmovedora selección de elementos: azul oscuro el mar, gris el perfil rocoso de la costa, blanco el pueblo que se detiene en el acantilado, negra la sombra del volcán... En una esquina una «E.» casi escondida; hay que buscarla entre las flores rojas que crecen tiesas delante de las casas pintadas. Una «E.» vergonzosa, tímida, necesaria para el cuadro como una aceptación de su paternidad pero temerosa de mostrarse al mundo...

El cuadro de Eduardo presidía la salita en penumbra del hombre que me dice: Bonito, ¿eh? Es nuestro pueblo, ya lo ve. Lo tenía guardado y mi Encarna me lo mandó poner marco por Reyes, los primeros Reyes después de que él se fuera...

¿Por cuántas salas, dormitorios, rincones de la isla, cuelgan cuadros ingenuos del pintor que esconde en una «E.» clandestina su identidad?

Antes de pedir el número del hospital, al descolgar el auricular, la telefonista, con voz neutra, me dice: Hay un mensaje para usted. Se lo envío a la habitación.

Suspendo la llamada y espero. El breve golpe en la puerta me asusta. Nadie sabe dónde estoy. Nadie puede encontrarme fácilmente, pero no puedo evitar el sobresalto. Leo la nota mientras el muchacho espera, dudoso, la propina. La nota dice: «Estaré fuera dos días. Tengo que ir con urgencia a la isla Mayor. Se trata de mis hijos. Espérame. Martín».

El chico retrocede hacia la puerta. Ha debido de ver en mis ojos el desconcierto provocado por la nota que él ha traído.

Un momento, le digo. Revuelvo en el fondo de mi bolso, le entrego unas monedas. Absurdamente le pregunto: ¿Hace mucho que llegó este mensaje? Él se encoge de hombros, levanta las cejas para reforzar la impresión de ignorancia; dice: No lo sé. Pienso llamar a la telefonista, preguntarle la hora del mensaje, debería venir registrada en la nota que tengo en mis manos, es lo correcto en cualquier hotel que funcione bien... Leo otra vez la nota escrita con una letra también neutra, de la telefonista, sin duda. Dos días. Dos días sin Martín en esta isla que se vuelve de pronto agobiante como una cárcel. Me tumbo en la cama y trato de calmarme. Martín no es fundamental. En realidad no le había visto en estos últimos días. Seguiré explorando otros caminos, reuniré más datos para luego discutirlos con él... Como antes, cuando yo era la mujer que llegó a la isla, pongo en marcha recursos de emergencia que siempre me han dado resultado. Serenidad, autocontrol, reflexión... Empecemos de nuevo... A este ejercicio tranquilizador jugaba sola. Entre Eduardo y yo había un acuerdo: jamás inquietar al otro con cosas que tienen solución. Sólo la salud, decía Eduardo, sólo si la vida peligra...

En ese duro acuerdo no podían entrar las confesiones. Eduardo no tenía por qué contarme las causas de su huida y su regreso ni la historia que vivió en esta isla. Era un convenio cómodo y aséptico. Transgredirlo como he hecho yo puede llevarme al caos. No se deben mover las piezas del rompecabezas. Martín se ha ido. La ira sustituye a la sorpresa primera. Ira contra mí misma porque es inadmisible que me asedie la urgencia de encontrarme con él. Los días pasan rápidos. Haré un plan de trabajo; ocuparé hasta el último minuto: ni un resquicio para la conciencia de la espera.

Vuelvo a leer la nota: Se trata de mis hijos... Sólo una vez, en una pausa de mi feroz protagonismo, habló Martín de sus hijos. Se notaba que no quería detenerse en ellos. Pasó como si volara sobre sus cabezas y los observara desde muy alto, así fue de distante su comentario: Uno es moreno y vivo; el otro rubio y apagado. Los dos son fuertes y hermosos... Una descripción a vista de pájaro. Se trata de sus hijos. Enfermedades, problemas, decisiones. Es urgente. En mi vida pasada, en la que era hasta hace poco mi vida cotidiana, cuando dependían de mí resoluciones graves yo mantenía en reserva una salida con una luz encendida. Hay una puerta abierta, me decía, por la que puedo abandonarlo todo si mi derrota adquiere proporciones intolerables. Saldré por esa puerta y empezaré de nuevo otra empresa, otra vida, otro país incluso. La luz que brilla en la salida de mi conflicto actual está ahí, al final de esta nota: Espérame. Martín.

No es una deserción; es una promesa de fidelidad: espérame.

Bajo las escaleras deprisa. Mi habitación está en el segundo piso de este hotel pequeño y familiar... «Un señor la espera en el vestíbulo.» Me apresuro hacia la puerta. Sólo una rápida mirada al pasar ante el espejo colgado sobre el escritorio. Mi piel ya está morena; las arrugas se notan más con

la melena retirada de la cara, recogida en una cola
de caballo. Pero el tostado refuerza, espero, esa impresión general de juventud que se desprende de los
cuerpos ágiles y delgados.

Sólo ha pasado un día desde la marcha de
Martín pero un señor me espera en el vestíbulo y
me aferro a la suposición de que él ha vuelto antes
de lo previsto. El hotel descansa en penumbra a esta
hora de siesta y silencio. Los toldos extendidos
sobre las puertas de entrada vuelven casi invisible
el interior y dejan fuera un rectángulo de fuego. Al
principio apenas veo nada. Me acerco a recepción
y el muchacho, adormilado, me hace una seña en
dirección a un sofá. Una sombra se levanta y se
aproxima a mí. Es un hombre pequeño, de piel muy
oscura, viste una camisa de franela roja, amplia y
suelta, sin cuello, como las que usan los pescadores de la isla. Me llama por mi nombre: señora
Adriana, y antes de que yo diga, quién es usted, a
qué ha venido, qué quiere de mí, el hombre empieza a hablar:

—... Señora Adriana, sé que usted me anda buscando, sé que me fue a buscar al Caletón...,
pero lo primero que le voy a decir es que yo no tuve la culpa de nada..., por éstas... —dice, y se besa
los dedos en cruz.

Le invito a pasar al saloncito que hay en la
planta baja. Está desierto y me adelanto guiándo-
le hasta el rincón más escondido, el más alejado
de la puerta, para que no puedan llegar nuestras
palabras a oídos del somnoliento recepcionista.

—Usted es Miguel —afirmo.

Y bajando los ojos, murmura:

—Servidor...

Me siento en un sillón y le señalo otro, frente a mí, cerca, pero con una mesa entre ambos, una barrera, una defensa.

El hombre empieza a hablar y mientras sus palabras fluyen monótonas de sus labios resecos, cortados por el aire y el sol y el mar de su trabajo, observo la cabeza negra y rizada, los pómulos salientes, la nariz aguileña, y reconozco la exactitud de su apodo, Miguel el Moro.

—... Le dije a Sebastián, el de la fonda, Sebastián, la señora no habrá venido a pedir cuentas, no se habrá desplazado para que yo le jure que nadie obligó a su marido a venir con nosotros... Mi hermano, que es muy miedoso, me achuchaba, vete y háblale y dile que tenemos testigos de que no le tentamos con la pesca..., que era él quien no paraba: que yo salgo a la mar, que estoy acostumbrado, harto de salir en los barcos..., que me gusta el mar, que entiendo de esas cosas..., y que si su padre era marino y que si en el norte, allá en la Península, él pasaba el verano mareando..., qué sé yo..., el caso es que no supimos decirle que no...

Un viejo sueño adolescente flotaba en las palabras que Miguel atribuía a Eduardo. La mar desconocida, el inexistente capitán de marina, el norte envuelto en las brumas del deseo infantil... Las palabras abrían una vía de luz neblinosa que iluminaba un Eduardo niño, probablemente inclinado sobre los libros de estudio, encerrado en un cuarto sofocante del junio mesetario, mientras con la imaginación huía de la disciplina y la exigencia del padre, el modesto empleado que le asfixiaba a horarios, programas, privaciones para encauzarle hacia un final ineludible: la universidad, el trabajo brillante, el dinero y el triunfo...

Un camarero salido de la sombra se acerca a nosotros.

—... Van a tomar.

—Yo nada —dice el Moro sin dudarlo.

—Un ron con mucho hielo —pido yo. Y un parpadeo de mi visitante me impulsa a añadir—: Y otro para el señor...

—Yo solito, sin fríos —dice Miguel. Y añade—: Agradecido.

Me imaginaba al Moro de regreso a la fonda, relatando su encuentro y su aventura.

«... Yo quería beber, se me secaba la garganta, pero cuando se me viene aquel tan disfrazado y me pregunta ¿qué desean?, yo me dije, Miguel, Moro, demonio, no pidas, que luego ¿cómo pagas? Porque no se veían por allí más que sillas y sofás y ¿se lo iba a dar a ella el dinero?, ¿eh? A ver qué hubierais hecho vosotros... De modo que yo dije: Nada. Pero mira por dónde la señora del señor Eduardo, qué lista la mujer, oye, me mira, se da cuenta de que se me está haciendo la boca agua al oír que ella pide su ron y va y le dice al del chaleco azul: Otro para el señor...»

A la espera del camarero, Miguel el Moro calla y yo no siento la urgencia de que hable. Después de una mañana de sol y repetidos baños, necesito tener el tiempo ocupado hasta que llegue la hora fresca del movimiento, la carretera, los caminos...

Cuando el camarero hubo servido las copas y Miguel apuró de un trago la suya, su charla se reanudó en el punto exacto en que había quedado cortada.

—... Se lo digo: no supimos decir que no, no supimos negarnos..., pero no le animamos. Mi hermano no quería. Es temeroso de carácter. Está prohibido, decía; no se puede llevar a nadie extraño cuando vas a faenar..., a ti quién te asegura que no lo mandan de la isla Mayor..., pero el caso es que el señor Eduardo se embarcó y la gozaba con la pesca..., no un día ni dos, muchos..., siempre que le venía el hormiguillo... Y cómo trabajaba. Tiraba igual que uno cualquiera de nosotros, aupaba y ayudaba a devolver al mar lo que no vale, que no es poca tarea..., pero lo de aquel día... No crea que iba yo a gusto, por mí ni salimos... No, no estaba la mar mal pero era trece y a mí no me lo quitan de la cabeza, que aquel trece nos cruzó en el camino la «morena»... Venía entremezclada con los peces, retorciéndose en el vientre de la red..., yo me di cuenta en seguida, cuidado, Eduardo, le grité cuando la vi saltar en el fondo del barco con la fuerza y la rabia que tienen las condenadas, y él, como un delfín, oiga, salta sobre la bestia y de un buen tajo le corta la cabeza con el cuchillo que llevaba... Ya está, gritaba tan contento, ya la tienes bien muerta, Miguel... pero ese pez es el demonio mismo..., el cuerpo por un lado y la cabeza por otro y él, se lo habrá contado a usted que no tuvimos la culpa..., la cabeza sin cuerpo le enganchó el muslo que lo tenía bien cerca..., ¿cómo iba a saber él que hasta muertas atacan?, le enganchó el muslo y allí fue la agonía, que esos dientes de fiera se encajaron en la carne y no éramos para quitársela y él aguantaba y mucho, pero hubo que llegar hasta la costa en ese estado, y buscar al pescador más viejo del Caletón que se las sabe todas y con su maña y sus manos le fue buscando la raíz del mordisco y del diente y se lo sacó de cuajo pero ahí fue la sangría..., y nosotros que llamábamos al médico y él que iba solo y al fin muy bien vendado cogió el auto y se fue... Y menos mal que aquí todo está cerca y la capital como quien dice está al alcance de la mano, ya ve, no llegan ni a veinte los kilómetros... Pues muy bien, pues me va pidiendo otro, que estos tragos ayudan a pasar otros tragos..., él lo decía, el señor Eduardo, hay que tomar de vez en cuando, Miguel, para pasar las suertes que nos prepara la vida..., y bien que lo celebramos cuando él volvió con la cura hecha y diciendo que el médico no se había preocupado... Pero dice mi hermano, esa señora ¿a qué viene ahora, al cabo de estos años? ¿Le habrá venido a él una complicación con el veneno que le pudo dejar el mordisco en el cuerpo? ¿Le habrán tenido que operar la pierna o, dice mi hermano, y usted perdone, o que cortársela?... Sabe Dios, porque mire, una vez cuando yo estaba en África, allá tenía un buen amigo que venía conmigo en las mareas largas y a aquél también un día le cogió una «morena»..., pero no como a su hombre el señor Eduardo, no. A éste se le llevó casi un brazo por delante..., se lo dejó colgando y cuando le operaron y dijeron esto ya está arreglado, al cabo de los meses se lo tuvieron que cortar tal que por aquí, mire usted..., y dice mi hermano, ¿a ti quién te asegura que el señor Eduardo no se ha puesto malo de algo y los médicos dicen que es de aquella mordedura y ahora viene la mujer y nos pide que le paguemos porque fue culpa nuestra, que le paguemos la responsabilidad, ya me entiende?... Yo le decía, me cansé de decirle que es imposible que le pase nada a estas alturas y más imposible que nos pida a nosotros que bien sabe él que somos pobres y él no era puño prieto, al contrario, era bueno y generoso..., daba, no sabe usted lo que daba, a manos llenas a quien le pidiera..., le compró la barca al Gordito y le dio a Eulalia, la mujer de Mariano, para que se arreglara la dentadura..., ya ve usted, así que yo que no, que es imposible que él nos mande desgracias..., pero mi hermano venga a pincharme, ¿y a qué viene ella sin él?, a ver, dime, ¿a qué viene?..., ¿y si se han arruinado?... Y ya está dicho todo..., y usted dirá, señora, en qué puedo servirla, y lo primero, me diga cómo está el señor Eduardo, don Eduardo, que era otra lucha que yo tenía con mi hermano, hay que llamarle *don* como al cura y al médico que se ve de lejos que es de carrera y título y de mucha importancia el señor Eduardo... Dígame cómo está y cómo le ha quedado el mordisco aquel..., dígame todo y agradecido si me pide otra copa de ese ron doradito que entra como los ángeles...

La huella del mordisco tardé en verla porque pasaron muchos días antes de que Eduardo y yo nos encontráramos desnudos. El trabajo acumulado tanto tiempo absorbía a Eduardo. Y las salidas, los amigos, las cenas. Un gran cansancio parecía envolverlo en los pocos momentos en que estábamos solos frente a frente.

El mordisco de «morena» apareció a mis ojos un día al cruzarnos en el cuarto de baño situado entre nuestras dos habitaciones. Yo iba a entrar y él salía envuelto en una toalla de baño que resbaló por un extremo y era justo el que ocultaba la cicatriz, el rastro del mordisco, un hundimiento cárdeno en la musculatura, un agujero de bordes tiernos todavía. Yo no pude evitar la sorpresa: ¿Qué te ha pasado? Él debió de darse cuenta de mi espontaneidad, debió de poner en la balanza mi interés afectuoso y equilibrarlo con la negativa, aceptada por mí, a hablar de su escapada, porque despreocupado y risueño me dijo: Un pequeño accidente sin importancia. Y me hizo una caricia rápida en la mejilla. Entonces no sé cómo se derrumbó la angustia que yo había acumulado durante tanto tiempo, los meses de ausencia y los largos días transcurridos desde su regreso. Me eché a llorar sin decir nada. Yo notaba las lágrimas caer por mis mejillas, notaba el cosquilleo de las lágrimas y me las secaba y otras venían a mojarme la cara. Me volví de espaldas y regresé a mi cuarto y Eduardo vino detrás de mí y, por vez primera desde su vuelta, me abrazó y me besó tiernamente con el antiguo esmero. Luego ensayó recursos que despertaban en nosotros reflejos compartidos durante quince años de matrimonio sano y correcto y ejemplar también en esto. Repetía las viejas palabras mágicas y estremecida entre sus brazos creí recuperar, con el ritual ejercicio de nuestros cuerpos, la pasión controlada que nos llevaba unidos al éxtasis...

Pero pasaron muchos días hasta rozar de nuevo la furia del deseo aprendido por los dos en un continuo empeño que conducía, como todo lo nuestro, al único resultado aceptable, el éxito.

Cuando Miguel se marcha todavía es temprano, pero no puedo esperar. Necesito salir, conducir, explorar una nueva ruta desconocida.

El calor de la tarde se desvanece al llegar al último tramo de la carretera que culebrea desde el interior. Dos tenazas rocosas se arquean suspendidas en el aire, en un abrazo incompleto. Abrigan un lago, abajo, una laguna cristalina convertida en vidriera: rectángulos rosados, amarillentos, malva, separados por oscuras líneas divisorias. La sal, acumulada en pequeñas pirámides, centellea con los últimos rayos de sol. No hay señales de vida en los alrededores. Camino de la Sal, dice el dibujo, guía caprichosa de Eduardo, y la fila de montículos blancos, dibujada con trazo nervioso, marca el final de la ruta.

La luz crepuscular convierte las pirámides salinas en un conjunto de tiendas fantásticas, simétricamente dispuestas para una batalla sideral... Camino del fin del mundo, me digo, y arrugo el papel que me ha llevado a este fascinante lugar. Los caminos de Eduardo... Nadie me ha dicho que voy a encontrar una clave en cada uno y, sin embargo, la clave existe. La mar de Miguel, el volcán de Juan, las palmeras de Ginés. Otros caminos se agolpan en los dibujos. Otras sendas que aún no he recorrido. Me da miedo seguir avanzando. La conducta de Eduardo, las huellas de su paso por la isla me llevan a un desconocido. Aquí, en la soledad de un paisaje mineral; aquí frente al mar, única puerta abierta para huir del volcán, por primera vez descubro a mis espaldas una historia falsa. Nuestra vida no ha sido una serie de episodios conducidos con pulso firme. No ha existido esa vida. Sobre nosotros, sobre nuestros cuerpos jóvenes ayer, radiantes hoy de esplendorosa madurez, han pasado quince años. Quince años despilfarrados compartiendo un obstinado desencuentro.

«... Pero ¿a quién se le ocurre?..., venir cargada con tanta cosa... Usted está loca, mujer, me los halaga a estos chiquillos..., me los enseña mal..., mira el vestido de Inesita..., una muñeca va a estar ella cuando lo estrene..., se lo guardo hasta el bautizo del que viene..., se lo guardo, que es amplio y no lo llena todavía..., igual está usted aquí para esas fechas..., digo yo que si está y Juan no se opone..., que a nada se opone tratándose de usted..., digo que podía ser la madrina de lo que venga, ¿qué tal?..., una pena que no esté el señor Eduardo para padrino... Estoy de siete meses; no se nota, ¿verdad? Me dice don Martín, ¿dónde escondes lo que traes?... Siempre ha sido lo mismo, cuando el primero no me creían cuando lo decía, que estoy de seis o siete u ocho meses..., creían que andaba mal de la cabeza..., pero pregunte a don Martín: unos partos felices. Cuando primeriza que si lo vas a pasar fatal, me decían todas, que si es un infierno, que si mejor morirse que pasar ese trago..., y yo nada. Salí del trance diciendo, por mí todos los meses paría... Ya sé que no siempre es así... Tengo yo una cuñada que araña al pobre Pedro su marido y le dice barbaridades..., a tu madre te vas a acercar cuando salga de ésta, desgraciado, le dice; que tampoco eso es corriente... Pues yo, al contrario, dos hijos he tenido y un aborto, que hasta operarme tuvieron porque venía fuera del saco, me entiende, fuera de donde deben venir colocados y era peligroso y me dijo don Martín, tú verás, Esperanza, pero corres peligro tú y el niño no se logra..., y me operaron, porque, digo yo, con la alegría que dan los hijos qué

63

importa sufrimiento más o menos... En seguida tuve otro, mi Inesita... Juan el pobre decía, no tenemos ya más, que yo no quiero que corras tú peligros por quedarte otra vez, que no me acerco a ti ni de milagro, pero yo no, yo que otra vez y que las que hiciera falta..., porque no hay más riqueza que los hijos, no hay más herencia que dejar detrás de uno... La mujer que no pare no conoce la vida... Y usted disculpe porque yo no me refiero a usted... Usted tiene la vida muy cargada de cosas, no necesita hijos, hasta le estorbarán los hijos, que ya sé yo lo que usted vale y el trabajo que tiene y lo que desenvuelve..., pero nosotras, las que no valemos ni sabemos de nada, tenemos que parir, porque parir y cuidar a los hijos y al marido es todo lo que sabemos hacer... Ay, qué loca mujer, y estos libros tan grandes y llenos de estampas para Juanico, qué alegría le va a dar que él es de mucho leer, en la escuela nos lo tienen dicho: Esperanza, Juan, tenéis un hijo listo, sacarle del camello y ponerlo a estudiar, sacarlo de esa vida que lleváis... Pero le digo yo a Juan, a la noche cuando estamos solos en la cama y éstos se duermen y podemos hablar un poco, poco porque el hombre se me queda dormido a mitad del discurso; le digo, Juan, ¿qué hacemos?... Si quitamos al chico del camello, una carga para Juan que no tiene quien le ayude. Si ponemos al chico a más estudios un disparate porque ¿de dónde vamos a sacar el dinero para mandarlo a la Mayor? Y al mismo tiempo si no podemos mandarle a que le enseñen a lo más, a ser médico o director de un banco o ingeniero del puerto..., para qué va a estudiar más de la cuenta, ¿eh? Para ser desgraciado, digo yo. Porque ignorantes somos, señora Adriana, pero nos damos cuenta que aprender para nada, para no sacar nada, es aprender a estar más triste, a no conformarse, a pedir otra cosa... Vale más resignarse con lo que hay... Las personas que saben no piensan como yo, ya lo sé... Mire, el mismo don Martín, cuando viene a ver a alguno que está malo, no calla, que hay que saber, que la ignorancia es mala para todo, que no podemos quedarnos tan parados como los animales... Y yo le digo, sin mala idea, pero le digo, ay, don Martín, usted quién cree que es más feliz, Juan con su camello o usted con su hospital..., porque el hospital le gusta, le ocupa la vida pero por culpa del hospital se le fue la mujer, se le fueron los hijos, vive solo y ¿eso es vida?... Menos mal que no me oye Juan porque si no, me riñe y me dice, cuidado que eres bruta, mujer, don Martín está solo porque quiere, porque prefiere el hospital a todo lo demás, porque si no a la isla Mayor se hubiera ido detrás de todos cuando le dejaron... Espere, espere, no tenga prisa todavía. Le preparo un poquito de miel con caña, me sujeta la niña mientras yo trajino y espera a que llegue ese hombre que se ha llevado al chico y quiero yo que esté usted delante y vea la cara que va a poner con los libros... Inesita, te coge la señora, cómo no va a saber, mujer, eso lo sabe cualquiera, se nace con eso aprendido..., toma el perrito, mi reina, cógelo tú bien fuerte, no lo metas en la boca, que la señora se va a enfadar..., mira el perrito qué cosa más bonita... ¿Y del bautizo qué? ¿Se anima a ser madrina?... Ya sé que falta mucho pero me digo yo y si ella se quedara tanto como se quedó su marido, porque él no bajó de dos meses y medio, dos o tres, ¿no es verdad?, pues no sea tonta y quédese otro tanto por lo menos... Usted manda en lo suyo, no la mandan, así que escribe usted y le dice, me quedo, y ordena lo que tienen que cumplir los demás, que debe ser un gozo eso de mandar a otros, ¿no le parece que es mejor que obedecer?... No, desde luego, mejor ni uno ni otro... Lo dice Juan: yo dueño de mí mismo, ni por el sueldo más grande me voy a trabajar al muelle o al almacén a que me manden y me machaquen y me humillen... Pobres pero más libres que el aire... Pero usted. Venir de tan lejos para poco tiempo... Y otra cosa que se me está ocurriendo: si el marido no puede venir, si él no se arregla para acercarse por aquí podían ser usted y don Martín los padrinos..., quiénes mejor para este revoltoso que no para de movérseme en el cuerpo... Inesita, hija mía, ¿estás a gusto con la señora?... Vaya maña que se da usted, para que vea, parece que ha criado una docena...»

Como las palmeras de la isla que se doblan, se mecen, se agitan pero se aferran a sus raíces, así es Esperanza. Como las palmeras de troncos esbeltos, rematados por penachos verde oscuro, deshilachados a veces, vueltos del revés con la fuerza del viento que viene de África, pero firmes y flexibles, así es Esperanza...

En el camino de regreso hay tiempo de pensar, tiempo de recordar, por ejemplo, que los hijos no deben evitarse por miedo a los dolores y los riesgos. Eso dice Esperanza... Recordar que Martín ha preferido el hospital al éxodo...

La recta se prolonga sin obstáculos; kilómetros devorados deprisa para llegar a tiempo a una cita inexistente. La terraza del hotel está llena de gente. Gente tranquila que bebe té y susurra, jubilados valientes que han escapado de la niebla para elegir el sol. Pero no me siento con fuerzas para quedarme entre ellos. Sin bajarme del coche decido dar la vuelta, retroceder hasta llegar a la ciudad. En el paseo está mi quiosco, alegre y bullicioso. Es mío desde el día primero en que lo descubrí, a esta hora, y como hoy, me senté a repasar, ordenar, hacer balance de mi vagabundeo.

Como ese día, juegan los niños y hay pájaros en los árboles del paseo. El cielo es muy azul y un zumbido de voces cantarinas se acerca por las aceras de la vía principal. Como todos los días a esta hora, el calor se desprende del suelo y una brisa ligera, apenas húmeda, remolonea por los jardincillos, arrastra una hoja caída, un papel de caramelo, briznas de la arenilla fulgurante que cubre el suelo de la isla. Al otro lado de la calzada, justo enfrente, está el bazar en el que he entrado esta mañana en busca de regalos para los hijos de Esperanza. Me avergüenzo de su entusiasmo, me avergüenzo de su agradecimiento porque no ha sido un impulso generoso el que me ha llevado a visitar de nuevo a la familia del camellero.

La ausencia de Martín me ha sumido en una especie de atonía perezosa, como si no debiera dar pasos importantes hasta su regreso. Martín se ha convertido en una guarda cuidadosa sin cuyo asentimiento no debo continuar mis erráticos paseos. Volver a la casa del volcán ha sido una tentación y un modo premeditado de pasar la tarde. Los regalos, cariñosamente elegidos, sólo una coartada.

El camarero del quiosco sonríe.

—¿Lo de siempre? —pregunta solícito.

—Lo de siempre —contesto.

Y se va satisfecho de su memoria.

La visita a Esperanza ha sido dulce y densa como la miel de caña que me ofreció. Dulce y espesa como la tarde al pie del volcán. Cuando éste extendió su sombra sobre la casa blanca, la palmera, el minúsculo huerto, la charla languideció. No quise esperar a Juan y al chico pero volveré, de veras; volveré y ya veremos lo del bautizo...

A diferencia de ayer, estoy contenta. A diferencia de ayer, no me he encerrado en el cuarto tratando de leer, dormir, destruir la desoladora revelación de las salinas.

Igual que ayer, me repito que he perdido quince años esforzándome en ser la más inteligente y la más libre de mi entorno. Sobre todo la más inteligente, la gran dominadora de los instintos que llevan a ser igual que los demás. Durante quince años he arrastrado el orgullo de ser indiferente a los engaños que alimentan las vidas de las gentes vulgares.

La tarde se emborrona de grises. El hielo se deslíe en el vaso de ron y lo vuelve amarillo pálido. El hielo ha deshecho el brillo dorado del ron.

—Pero el ron es una bebida caliente. ¿Por qué enfriarla?

La voz de Martín a mis espaldas ha sacudido todas mis células. Las manos de Martín, levemente apoyadas en mis hombros, me paralizan. Siento un rubor que me enciende la cara, el cuello, las orejas. Como si no hubieran pasado los quince años de mis divagaciones.

Él se sienta frente a mí. Sus ojos oscurísimos brillan de cansancio. Hay cercos violáceos en torno a sus párpados.

—Eran dos días —digo al fin—. Tú dijiste
dos días...
—Fueron dos días —dice mirando el re-
loj—. Terminan en este mismo instante. Tomé el
avión...
Pierdo el final de la frase absorta como
estoy en la contemplación del rostro desencaja-
do, fatigado por dos noches de insomnio o pesadilla.
—¿Nos vamos? —me pregunta. Y él mismo se contesta—: Vámonos...
Han empezado a encenderse las bombillas
del paseo. Los olores se vuelven más intensos y el
rojo carmesí de las flores de Pascua se apaga un
poco. Una línea de oscuridad avanza por el horizonte marino, empuja hacia la isla nubes de tormenta. En algún tocadiscos suena la música arras-
trada, melodiosa, del cante de la isla.

—Se los lleva a la Península —dice Martín.
No necesito hacer preguntas. Se trata de
sus hijos. No quiero averiguar cómo, cuándo, por
qué. Pero una deducción egoísta se ha deslizado
en mi conciencia. Si los niños se van a la Penín-
sula, Martín irá alguna vez y yo...
—Yo estaré allí —me apresuro a decir—.
Allí me tienes para lo que quieras.
Intento dar un giro frívolo al ofrecimiento.
—Seré tu cónsul, tu representante...
Martín acaba de salir del baño.
—Estoy muerto. ¿Te importa que me du-
che? —dice envuelto en un albornoz blanco que le
llega a los pies. Guarda silencio.

La tormenta se ha desatado al fin. Gruesos goterones golpean los cristales de la casa. Los relámpagos apuñalan el cielo con zigzagueos rutilantes. Un fuerte olor a ozono se filtra por los resquicios de todas las ventanas.

—Se quiere casar. Me pide el divorcio... —dice Martín.

Me asombra su locuacidad en torno a un asunto hasta ahora esquivado: su mujer, su relación con ella, la situación legal de su matrimonio. Pero sorprendentemente no pronuncia nombres. *Ella* permanece en el anonimato. *Ellos,* los hijos, también. Hay una resistencia defensiva en el hecho de apartarlos de mí, una tendencia a no querer envolverme en su historia personal. Una mezcla de curiosidad y despecho me hace decir:

—Hemos hablado mucho de mí y poco de ti. Quiero decir, estos días pasados, desde que nos conocimos...

Al momento me doy cuenta de que he dado un paso en falso. He cortado una confidencia propiciada por el cansancio y el desconcierto momentáneo de su situación familiar.

—Tú no has venido a la isla para hablar de mí.

Vuelve a ser el médico tranquilo. Y siento que se aleja, aunque continúa a mi lado.

—Y tú, ¿qué has hecho? ¿Has recorrido muchos caminos? —dice con un tono amable, ligeramente tenso.

No contesto pero Martín no parece esperar respuesta. Ha entrado en su dormitorio y oigo puertas que se abren, cajones que se cierran, mientras reúne la ropa que ha de ponerse.

Me acerco a la ventana. Ya no llueve. Abro la puerta y salgo a la terraza a respirar, lejos del calor que se ha quedado detenido en los objetos del salón cerrado. Me apoyo en la barandilla de madera. De la azotea descienden chorros de agua que me salpican. El viento que ha barrido la tormenta arrastra todavía rachas intermitentes de gotas finas. Me estoy calando pero no quiero entrar. Desearía escapar de esta casa. Hago un cálculo absurdo de la altura de la terraza al suelo. A lo lejos resuena el eco apagado de un trueno que la tormenta arrastra consigo. Necesito estar sola. Un torbellino de cólera y desdén gira dentro de mí. Martín tiene razón. Yo no he venido a esta isla a conocer su misteriosa intimidad, a desvelar su hermetismo isleño... La verdad es que ya ni siquiera sé a lo que he venido. Quizá sin yo saberlo he venido a ponerme de acuerdo conmigo misma. He venido a dar vueltas entre volcanes apagados, a pasar pruebas de fuego estrictamente personales. Busco con desesperación el rastro de Eduardo porque al buscarlo pienso encontrarme a mí misma. He venido a recoger los restos de mi naufragio en Eduardo... La tormenta regresa, empujada por un viento de rumbo enloquecido. Se repite la lluvia, renacen los resplandores del rayo y su estela de estruendos. Tengo que entrar. Estoy dispuesta a entrar pero ya viene Martín hacia la puerta abierta, me empuja dentro con suavidad, me ordena con la calma y la autoridad con que un adulto se dirige a un niño:

—Entra y sécate y cámbiate.

Y me entrega una túnica larga de algodón violeta. La vaga sombra de un perfume adherido hace tiempo a la tela, agazapado en los intersticios del tejido, se desprende de la túnica y se evapora y desaparece en un instante.

La luz se apaga de pronto. Se ha apagado en todas partes, en la ciudad a espaldas de la casa, en el pueblecito de la playa. Los relámpagos alumbran a intervalos la tierra, el mar, la terraza vacía. Sus fogonazos rápidos aumentan, al extinguirse, la impresión de oscuridad.

—La tormenta; siempre ocurre igual —explica Martín.

Veo la mancha blanca de su jersey moviéndose en la cocina y cuando regresa trae en la mano velas y un farol de barco. Enciende una vela y la coloca en la palmatoria sobre la mesa. El viento que se cuela por las rendijas hace temblar la llama. Con movimientos pausados, Martín manipula el farol y enciende la mecha. Un olor a petróleo llena el salón pero la luz es vigorosa y segura y hace innecesario el parpadeo de la cera. La oscuridad continúa, afuera.

La llama del farol arroja un círculo de luz sobre la mesa y hace más densas las sombras en el resto de la habitación.

—Perdóname —dice Martín de pronto.

A través de los cristales ya no se ve la lluvia y el mar es una línea recta en el horizonte. La luna ha aparecido en un cielo limpio de nubes. La tormenta se ha desvanecido. Una gran serenidad se instala en la habitación. Pero, como antes, cuando empleó su ironía conmigo, tampoco ahora contesto a Martín. Espero, y las palabras van llegando con suavidad, como yo quería. Martín habla y durante el tiempo que dura su monólogo soy yo la fuerte, la consoladora.

—Era una pasión y sobre todo era un empeño en alimentar la pasión. Desde el primer momento eso fue todo. Porque en seguida nos dimos cuenta de que era lo único que teníamos. La pasión duró siempre..., esa atracción duró hasta el día en que nos separamos... Era una relación insostenible que nos estaba deshaciendo. Durante el día no teníamos nada que compartir. Ningún proyecto de presente o futuro, nada que no fuera la espera de la noche. Sólo desnudos nos reconocíamos... Pero las noches daban paso a días muertos o llenos de reproches y de ira. Era imposible llegar a un acuerdo, un equilibrio entre la perfecta coincidencia de la noche y el desapego del día... Ella odiaba mi trabajo, mis aficiones, mi interés por los demás. Ni los hijos nos ayudaban a vivir, hasta los hijos eran obstáculo entre nosotros, causa de desacuerdo y discusión continua...

La luz regresó y, al encenderse las lámparas, Martín pareció despertar de la somnolencia en la que había caído al hablar de su amor. Yo no sabía qué decir. No quería pedirle que callara ni animarle a seguir hablando.

—Bebamos —dijo Martín.

Y se puso a buscar copas y botellas escondidas entre los libros de las estanterías.

—Bebamos —repitió—. Hace tiempo que no bebo...

Un fragmento de la larga perorata de Ginés me vino a la memoria. Fue el primer día de mi visita a la taberna, cuando yo no sabía la existencia de Martín. Ginés hablaba de él y de su mujer y la llamaba arpía. Sólo registré entonces parte del relato pero ahora me viene a oleadas el resto de la historia. Como si la magia de la palabra, «bebamos», hubiera despertado una cadena de frases asociadas que no tenían sentido cuando Ginés las dijo.

«... Él se portó muy bien con ella. Loco por ella estaba y no podía vivir, no le dejaba vivir..., que te vengas a la Mayor, que nos vayamos de aquí, que mi dinero sirve para vivir todos..., él loco, pero firme..., me quedo aunque sea solo, me quedo..., y ella marchó a la isla grande con los hijos y él se quedó encerrado en su casita, a la salida de la ciudad. Y fue un desastre... Don Martín se pasó una temporada enloquecido de dolor..., bebía sin parar..., aparecía borracho donde menos se esperaba, cogía el coche y se iba a cien por hora corriendo por los caminos de la isla... Bebía mucho y casi se destroza el hombre. Hasta que un día, tenía que operar a una chiquita de urgencia, una vulgar apéndice..., y la operó borracho, sí, señora, como lo oye, borracho, que la mano le temblaba porque lo ha dicho y contado la enfermera..., y todo salió bien, pero al día siguiente se despertó y se vino a dar cuenta de lo que había hecho. Cuando consideró lo que podía haber pasado con aquella chiquita, se puso como loco pero ahora contra él mismo y juró y requetejuró que nunca más bebería una copa..., que es una forma de hablar porque digo yo que un hombre tiene que beber cuando le cuadre..., aunque no sea de aquella manera tan desquiciada..., y de todos modos la culpa fue de la otra, de la arpía, que lo tenía como embrujado...»

Como embrujada, la túnica violeta exhala un último vaho de perfume. Por qué ha tenido Martín que darme algo de ella... Me levanto dispuesta a recoger mi ropa mojada pero Martín me cierra el paso. Ha dejado en la mesa la copa y sus manos vacías me acarician la cara. Luego me acoge entre sus brazos y sus labios me rozan el pelo húmedo. Me besa despacio, tiernamente, me besa, y cuando arrojo la túnica lejos de él y de mí, estoy segura de nuestro abrazo...

—Eran pequeñas traiciones... Y ni siquiera traiciones. Eran encuentros casuales con personas conocidas que se cruzaban un momento en nuestras vidas, una fiesta, un viaje, un aburrido juego social... Nos lo contábamos en tono ligero, sin dramatismos porque no había razón alguna para el drama..., de todos modos las traiciones eran escasas... No sé por qué tengo que llamarlas traiciones...

Mientras yo hablaba Martín se movía por la habitación y su cuerpo desnudo lo llenaba todo. Un cuerpo oscuro, sin zonas claras y vergonzantes; una piel morena heredada de antepasados expuestos al sol durante siglos y reforzada por sus horas de adoración al mismo sol...

Martín llenó las copas y regresó a mi lado y sentado en la cama acercó su cristal al mío y dijo: Por nosotros. Luego se puso serio y supe que iba a pedirme cuentas de algo, a exigirme claridad o franqueza.

—¿Llamarías a esto una traición o ni siquiera es una traición? —preguntó.

Yo ya sabía que el recuerdo de Eduardo se alzaba entre nosotros incluso antes de hablar yo de traiciones. Pero estaba tranquila al contestar.

—Es mucho más que una traición. Porque no hay lealtades quebrantadas si existe un compromiso de libertad. No es una traición pero es mucho más que una traición. Es una destrucción de todos los pactos anteriores...

Martín guardó silencio. Me parecía que estaba preocupado por el amigo, que él sí se estaba acusando de traidor. Pero cuando habló comprendí que era otro el origen de su expresión severa.

—Ahora debo contarte la historia de Eduardo en la isla, la historia de Zara...

De pronto tuve miedo. No quería empezar, en medio de la noche, a despertar fantasmas. No podía iniciar un amor con narraciones que ya pertenecían al pasado.

Me abracé a Martín y le obligué a abrazarme y le besé con furia llevándole a la noche ciega y nuestra.

—Mañana, por favor —dije—. Mañana...

La casa era blanca. Tenía dos alminares laterales y entre ellos una cúpula aplastada. En la fachada se abría un porche con arcos apoyados en columnas. Sobre el arco central, curvándose graciosamente, el nombre de la casa: «El Vergel», pintado en letras verdes. Paralelos a la escalera exterior descendían macizos de flores rojas. A ambos lados, dos palmeras altísimas elevaban al cielo sus copas plumosas. Detrás de la casa asomaban árboles irreconocibles en la mancha verdeoscura. Arbustos y flores se recostaban en los troncos de los árboles. Una frondosa catarata vegetal en medio del paisaje. El fondo del dibujo era una extraña cadena de volcanes vomitando torrentes de lava roja, ladera abajo, sin alcanzar la casa y su huerto. En el borde inferior del papel aparecía escrito un título con la letra rotunda de Eduardo: «El Vergel de Zara». El rabillo de la última «a» se prolongaba en un tirabuzón cuajado de flores.

Martín había colocado ante mí la hoja de papel grueso, arrancado de un bloc de dibujo. La casa era hermosa. El conjunto tenía un aire árabe apenas interrumpido por las ventanas altas y estrechas protegidas por cristales emplomados.

En medio de la perplejidad que el dibujo me estaba produciendo recordé una casa egipcia que había entusiasmado a Eduardo en nuestro viaje por el Nilo y le había intrigado hasta el punto de hacer una pequeña investigación en torno a ella. Era un palacio entre europeo y oriental. Estaba cerrado y destacaba en el conjunto de casas pequeñas y blancas, tanto por su tamaño como por la calidad de la construcción y por el contraste entre los minaretes de ladrillo blanco y la piedra grisácea de la fachada. Eduardo logró averiguar que allí había vivido un rico egipcio casado con una mujer europea que nunca salió de la casa desde el día que murió su marido...

Martín esperaba. Con una mezcla de inquietud y temor yo también esperaba sus palabras, lo primero que debía contarme a las pocas horas de habernos convertido en amantes.

Tenía que conocer lo que desde el principio había buscado: el hilo conductor de los pasos de Eduardo hacia un núcleo central que diera sentido a su estancia en la isla y a la barrera que más tarde él había levantado entre los dos.

—La casa está en el centro de la isla —dijo por fin Martín—. Está en un valle rodeado de volcanes. El pueblo que allí había fue arrasado hace dos siglos por las erupciones de esos volcanes y pasó mucho tiempo hasta que los campesinos empezaron a romper la corteza de lava para llegar a la tierra sepultada. Sembraron esa tierra y la cubrieron otra vez con lava, que absorbe la humedad y la filtra a la tierra cultivada. En las laderas de los volcanes crecieron palmeras y en la llanura hortalizas y vides. A la salida del valle, un breve desierto salpicado de dunas se extiende a ambos lados de la carretera que se desvía hacia el mar...

»En medio de ese oasis, un hombre venido de la isla Mayor construyó hace años una casa, El Vergel, la que acabas de ver en el dibujo de Eduardo. Estaban empezando a levantarla y ya circulaban por la isla distintas leyendas acerca del propietario. Juan, el camellero, que vive a espaldas de uno de los volcanes, fue el primero que me contó su historia.

«Es un general. Un general retirado, don Martín, que me lo han asegurado a mí. Estuvo en África y ahora se quiere retirar aquí... Un general con casas y dineros en la isla Mayor pero no quiere aquello, no quiere ver el mar..., dicen que él ha vivido mucho por el desierto, con las tropas, ya me entiende, por el Sahara..., y dicen que una noche de luna llena cayó por aquel rincón y al verse allí lloraba y decía, es África, es un trocito de África este valle...

»Las palmeras atrás y esas dunas delante que se mueven con el viento y se cambian de sitio y de figura..., y el mar que no se ve aunque esté a la revuelta del camino... África, dijo el hombre, y compró bien cara una tierrita y empezó a construir la casa... La tierrita estaba cultivada, por eso fue tan cara... Y el general empezó por plantar un huerto con una higuera, un laurel de Indias, plumbago, tamarindos, qué sé yo. Y luego dos palmeras, una a cada lado del palacio, porque estará de acuerdo, don Martín, que aquello es un palacio... El Vergel lo llamó y es un verdadero vergel...»

—Hacía ya algún tiempo que yo conocía a Eduardo —continuó Martín—, cuando un día vino a buscarme al hospital. Parecía entristecido y me dijo: Creo que voy a irme de la isla. Creo que he pasado mucho tiempo lejos de todo... Yo le invité a venir conmigo a hacer una visita en el campo. Por el camino él insistía en su vieja obsesión: el trabajo, la sensación de haberse equivocado...

—¿No tienes que ir al hospital? —le interrumpo.

El relato se ha desviado hacia el estado de ánimo de Eduardo, sus crisis, sus incertidumbres. Hay frialdad y cierta cólera en mis palabras cuando insisto:

—¿Tienes que ir al hospital o tenemos todo el día para hablar de Eduardo?

Martín me mira con sorpresa porque probablemente no entiende que yo rechace su esfuerzo al explicarme hasta la última observación o recuerdo que él conserva de Eduardo.

—No tengo que ir al hospital. Tenemos tiempo de hablar. Horas... —contesta con firmeza. Se siente solidario de Eduardo frente a mi inesperado egoísmo. ¿Está empezando a despreciarme?—. Todo esto es complicado —continúa— y tú no tienes por qué sentirte culpable. Eduardo fue educado para la lucha, el éxito, la eficacia. Tú estabas orgullosa de él...

—Los dos nos ayudábamos, nos impulsábamos...

Tienes que conseguirlo, era el reto. Un reto alegre que iba del uno al otro como una pelota de tenis... Éramos iguales. Queríamos llegar a las cimas más altas, conquistar nuestro mundo...

Estoy cansada de volver sobre Eduardo y yo y nuestras lejanas circunstancias. Ha desaparecido la magia de las horas pasadas. Pero debe ser necesario seguir.

—Por favor, no te enfades. Continúa con la casa. Ya sé todo lo que le pasaba a Eduardo. Me lo has explicado muy bien...

Convencido o no, Martín retoma el hilo de su historia:

—Yo le llevaba en mi coche y al pasar por las dunas, cerca del valle y de la casa, se me ocurrió parar. «Voy a enseñarte uno de los rincones más bellos de la isla», le dije. Era al atardecer. Los volcanes estaban oscuros pero un resplandor se alzaba tras ellos... Bajamos del coche y paseamos hacia el centro del valle, hacia la casa, cerrada a piedra y lodo pero cuidada y hermosa. «¿Está deshabitada?», preguntó Eduardo. «No», le contesté. «En ella vive una mujer sola. Una historia confusa y enriquecida con diferentes ramificaciones...» En aquel momento la tarde, antes en calma, se revolvió. Un viento inesperado empezó a soplar desde el mar y la arena de las dunas avanzó hasta nosotros golpeándonos. El paseo se volvía incómodo y regresamos al coche. Dentro ya, con las ventanillas cerradas, Eduardo seguía mirando la casa. El viento había traído nubes y el cielo se puso oscuro. En el porche se encendieron dos faroles. Nadie salió pero tuvimos la certeza de que alguien nos observaba; la visión fugaz de una mancha movediza tras los cristales de una ventana. Nos miramos sin decir palabra y seguíamos quietos, sin decidirnos a marchar. Eduardo contemplaba las dunas, cambiantes con el viento. La arena se desmoronaba de un montículo y era arrojada con violencia hasta un obstáculo que la detenía de nuevo. Por un momento el remolino nos impidió ver la casa, nublada por la cortina de arena. Sólo seguían brillando los puntos de luz de los faroles. «¿Cómo puede vivir una mujer sola en este valle?», me preguntó Eduardo. Porque en el valle no hay otras casas. Durante el día se ve a los campesinos trabajando o vigilando sus tierras pero el valle no está habitado. Sólo la casa con su huerto en el centro del campo cultivado. «No estaba sola hasta hace poco tiempo», le contesté. «Vivía con el hombre que hizo construir la casa y se la trajo no sabemos de dónde...» Eso fue todo, pero al poner el coche en marcha y alejarnos de allí yo sabía que aquella misma noche Ginés le contaría su versión de la historia.

«... ¿Cómo que no sabemos de dónde vino la mujer?... Vino de África, eso está claro... Seguro que la tenía el general en África, de señora o de criada, eso no sé, pero en África. No tiene más que ver el nombre, raro más que raro: Zara. ¿Qué santa conoce usted con ese nombre?... Sara sí hay. Yo he oído muchas Saras santas o no, pero Zara... Y luego cómo es ella, Eduardo, cómo es ella. Como todas las moras... Morena, ojos muy negros, encerrada, callada. Sólo se la veía de refilón, cuando él la sacaba a alguna parte y así y todo en el coche... Solía dejarla encerrada mientras él compraba en las tiendas..., que tengo yo sabido por personas de la capital que hasta la ropa interior, ya me comprende, la compraba él... Y la limpieza... Ella se había traído una criadita mora como ella, que no le duró nada... Un día la vieron cogiendo el barco para la Mayor, solita y abandonada la pobre... Se ve que algo pasó o que él no la quería o al revés, que a lo mejor la quería demasiado..., pero a aquélla la devolvieron a su tierra, se lo digo yo..., así que limpieza poca..., ¿y la comida? Cómo olía aquella casa... pregúntele a Miguel el Moro, que él bien que ha probado esa comida..., un olor a cordero y a especia, mucho olor dulce y como a almendras amargas... Todo lo hacía ella..., y allí se estaban días y días sin ver a nadie, sin saber de nadie, encerrados en El Vergel... Y nadie sabía de ellos porque el general ese, el de la isla Mayor, no quiso trabar conocimientos ni darse a conocer de las autoridades..., y digo yo que él, si era un general tan importante, debería haber ido a visitar al jefe de las fuerzas de aquí..., porque se me hace a mí que entre ellos, por retirados que estén, siempre hay un respeto y una educación...»

—Yo ya sabía que Ginés le contaría su historia, fragmentos de su historia, la que él había elaborado con noticias llegadas a sus oídos, agrandadas o disminuidas por la fantasía de cada nuevo narrador. También sabía que Eduardo vendría a pedirme que le separara lo verdadero de lo falso, intrigado como le vi por la belleza de la casa y la sombra de la ventana y la fuerza física del paisaje.

—¿Y tú qué le contaste? —pregunté cortésmente pero no demasiado prendida de la historia ni cautivada aún por el hechizo de la casa y de Zara.

Martín me miró; estaba viendo mi actitud resignada y mi forzado interés; estaba adivinando que no era eso lo que yo esperaba en ese instante.

—Le conté algunas cosas ciertas que yo sabía. Que el hombre había ido a morir a la Mayor y que ella, la llamada Zara, la mora, no se había movido de la casa...

Yo guardaba silencio. Martín se acercó a mí y me abrazó con fuerza.

—Suficiente por hoy —dijo.

Suspiré con alivio.

—Quiero alargar esta historia —dije—. Quiero que dure mil y un días para así prolongar mi estancia en la isla y seguir contigo mil y una noches... Como Scherezade, pero al revés...

«Que se queda, que estará para el bautizo... Qué alegría, señora Adriana..., y don Martín, ¿qué dice?... Esperanza, se queda la señora y nos bautizan los dos el niño... Mujer, el marido no; don Martín... Total, son veinte días para salir de cuentas y en seguida..., ella no falla nunca, ya lo verá... Con todo, un mes, ¿es eso mucho?... Y don Martín seguro que encantado porque él nunca se mueve de la isla. Me han dicho que la arpía le va a quitar los niños... Bueno, pero es lo mismo, si se los lleva lejos qué más quitados quiere usted... Usted no la conoce, claro, imposible. Porque ¿cuánto hace que ella falta de aquí, Esperanza?... Era Juanico de seis años y ya va para diez. Calcule: cuatro años... El mayor de los suyos era como Juanico. Cada vez que ve al mío se pone serio, serio, pero no dice nada... ¿Que cómo era la bruja? Era..., como esas que aparecen en los cines, exagerada y guapa, pero mala... Era de buena gente, parece, pero ella salió mala, qué quiere usted..., jóvenes, sí. Se casaron muy jóvenes... Y nosotros también. Es bueno casar joven, tener los hijos joven..., pero al pobre don Martín no le salió derecho... Se veía venir. Un ejemplo; usted es muy señora y no se le caen los anillos por hablarnos ni estar en nuestra casa ni tomar nuestra comida, que por cierto tiene Esperanza preparada una perdiz para comer..., perdiz, perdiz, no se extrañe, que aquí se cazan en las colinas y ésta me la regaló mi cuñado, el hermano de Esperanza, que vive de ese lado... Bueno, pues usted viene y si le peta se come un trozo de perdiz con nosotros, pero ella no, ella ni soñarlo... Cuántas veces venía don Martín cuando éste era pequeño y se nos criaba mal y no medraba él y lo visitaba con cualquier motivo..., y ella ¿por qué no venía nunca con él?... No hay tantas distracciones en la isla..., yo creo que esa cosa de ella, tan estirada, era una de las causas de sus disgustos..., aunque ellos sabrán, que cada uno manda en su casa y en su cama, ¿no le parece?... Pues, mire, volviendo a las perdices, se cazan perdices y liebres por los campos de labranza y en las salinas, patos... Pues anda que el general no cazaba patos ni nada. Se levantaba temprano y pimpampimpam, a disparar..., yo creo que le gustaba disparar porque le recordaba África, al hombre... Ya empezamos, Esperanza, ¿es que tú crees que a estas alturas no le ha contado don Martín a la señora Adriana todo lo que le tenga que contar? ¿Pues tú no ves que han hecho buena amistad?... Y ¿con quién mejor iba usted a buscar amistad y acomodo que con él? Al fin y al cabo tan amigos como eran su marido y él... Y luego cómo acudió él a don Martín cuando lo necesitó y qué ayuda, Señor, qué ayuda es un amigo en todas las ocasiones, ¿no le parece?»

No asentí y tampoco contradije a Juan. Me estaba preguntando si el impulso primero que me llevó a su casa esta mañana, conocer nuevas ramas de la historia de Zara, no escondía otro móvil más auténtico: saber más de Martín. También me preguntaba si mi interés por Eduardo no estaba siendo ya la cobertura para indagar la vida de Martín. Por eso intenté ahondar en las continuas sugerencias de Juan. No le pedí detalles del viejo general ni de la mora, su joven compañera. Sin embargo le forcé a hablar de Martín y saboreé con deleite los acres comentarios que hizo sobre la mujer de la isla Mayor, la malvada que privaba al padre de la presencia de los hijos para arrastrarlos muy lejos de la isla... Avergonzada pero consciente de mi mezquindad me despedí de Juan y de Esperanza. Acaricié la cara morena de la niña y la fina cabeza rizada del niño y regresé al hotel.

Cuando entré en el cuarto que me había albergado tantas noches, me pareció oscuro y vacío y repentinamente pobre, como un reflejo de lo que era mi vida antes de llegar a la isla.

No era un pueblo. Era una amplia faja verde y llana al borde de la carretera y entre los cultivos uniformes asomaban unas pocas casitas blancas, aisladas entre sí. Martín detuvo el coche a la entrada de un camino estrecho y anduvimos por él hasta la casa que buscaba. La puerta estaba abierta, sólo la vibrátil protección de las varillas defendía la entrada.

—Ramona —llamó Martín.

Y una mujer salió del fondo oscuro de la vivienda.

—Ya lo decía yo, ya lo decía yo que usted vendría...

—El hombre está aprensivo. Como todos los hombres —dijo mirándome en busca de aprobación—. Y dice que se muere, que tiene el cuerpo comido por el mal como carne de tunera...

La vieja no me invita a entrar y Martín tampoco. Me siento en un banco de madera que hay a la entrada de la casita y espero.

La tarde es tranquila y la perspectiva de la llanura vegetal hace pensar en otro país y otra geografía. El deseo de todo hombre en la isla es poseer un terreno cultivable, un deseo ancestral, dice Martín, plantar y recoger la cosecha.

Cuando sale con la mujer, su gesto es despreocupado.

—No se apure. Todo irá mejor. Si hay algo nuevo, mande al chico que me llame al hospital...

Salimos al camino y luego a la carretera.

—Poco que hacer. Es viejo y está cansado. Como él dice, carne de tunera...

Señala las plantaciones de chumbera.

—Todo ese esplendor que aquí ves va encaminado a un solo fin: conseguir la cochinilla, un parásito que se alimenta de las hojas de las chumberas. La cultivan, no por sí mismas ni por sus frutos, sino para que los insectos la enfermen y la devoren. Triste, ¿no? Pero el tinte de cochinilla es un producto muy cotizado...

La crueldad biológica del proceso escalofría. Destruir un ser vivo, enfermar la pulpa carnosa de las tuneras para calmar la voracidad de las cochinillas. Todo para conseguir un producto caro en el mercado...

—Caro en el mercado —digo.

—Así es —asiente Martín—. Es una cadena que se repite en la naturaleza. La lucha por la supervivencia y la ayuda del hombre a lo que le resulta más útil...

El coche avanza por la carretera, deja atrás los campos de tuneras, alcanza la orilla del mar. Todos los caminos de la isla conducen al mar. Y su contemplación alivia las sequedades de tierra adentro. Los dos guardamos silencio.

—Sé que estás deseando continuar con la historia de Zara —digo—, sé que estás pensando en eso y tienes a Eduardo metido en la cabeza a todas horas...

Martín me mira de reojo con una sonrisa apenas esbozada.

—Es verdad. Tengo a Eduardo metido en la cabeza porque te tengo a ti dentro de mí...

Por el horizonte marino se aleja un barco. De La Habana ha venido un barco cargado de... Había que contestar con una palabra que empezara por la letra acordada en el juego. Por ejemplo, la F... Cargado de... fantasmas. El fantasma de Eduardo navega por la isla, por las tuneras, por los volcanes, por la casa de Zara, por la cabeza de Martín...

—Continúa tu historia; estoy preparada para escuchar...

Me cruzo de brazos, sigo con la mirada la cinta estrecha de la carretera que se desliza bajo las ruedas del coche. Todavía queda tiempo hasta el naufragio del incendio solar en el océano. Entonces, cuando sólo el recuerdo de su luz recorra la isla, la historia de Eduardo tiene que terminar. Es nuestra hora, nos pertenece. Es el momento de enterrar a los fantasmas y elevarnos sobre sus cenizas para vivir nuestro presente.

—Empieza cuando quieras —digo—. Estoy esperando...

—Pasaron varios días desde aquel en que Eduardo vino a verme para hablar de su tristeza y su deseo de abandonar la isla; el día que dimos el paseo que nos llevó a El Vergel... Pasó el tiempo y no se dejaba ver por parte alguna ni me llamaba al hospital. Pensé que su repentino deseo de abandonar la isla había dado paso a otro proyecto. Yo tenía mucho trabajo y tampoco intenté localizarle. Pero, de pura casualidad, me encontré con un hombre que trabaja los campos en el valle de El Vergel y me dijo entre misterioso y socarrón: «Su amigo ya ha caído en la zarza de la mora...». No entendí de momento, pero el hombre siguió hablando: «Su amigo, el que vive en casa de Ginés... que se ha enredado en la zarza de la mora esa, la del general...». Estupefacto, no supe qué pensar. Decidí esperar la visita de Eduardo porque estaba seguro de que Eduardo vendría. Y así fue. Un día al salir del hospital, allí estaba, esperándome. Parecía cansado, pero feliz. «Tengo que hablar contigo», me dijo. Hablamos. Me contó su historia, me aclaró los rumores que le cercaban. «El día que me llevaste a la casa de Zara, sentí una fuerte impresión. Volví por la mañana al día siguiente. Quería ver de nuevo aquel lugar que el viento y la arena nos habían ocultado. Desde la carretera de las dunas contemplé el valle y su vergel. Era una mañana brillante. Había gente trabajando en el campo. Se veían los sombreros de pleita subiendo y bajando con los movimientos de los campesinos. La casa estaba silenciosa como el día anterior. Dejé el coche y empecé a andar hacia ella. Quería verla de cerca, contemplar el jardín. No pensaba en la mujer que estaba dentro, puedes creerme. Al llegar frente a la escalera, la puerta se abrió. La visión de una mujer apareciendo en el umbral me sorprendió. No sé por qué, no había acabado de creer que viviese alguien allí. No habló, sólo me miró y no se movía, seguía en la puerta detenida, esperándome. Anduve hacia ella y se hizo a un lado y me dejó pasar...» Cuando Eduardo dejó de hablar yo me di cuenta de que estaba en otra parte, que contemplaba otro paisaje distinto al de las rocas, el mar, las casas de la playa que se ven desde mis ventanas. Se levantó de pronto y me dijo: «Sólo venía a decirte que no me marcho de la isla...». Y salió como poseído, flotando, sumergido en un mundo que yo no alcanzaba, pero que parecía trastornarle... Tardé mucho en tener noticias de él. Las primeras que supe fueron por otras personas. Acudí a ver a Ginés, lo encontré preocupado, casi indignado. «Le digo a usted que esa mujer no es cosa buena. Le digo a usted que nos desgracia a Eduardo... Mucho poder tiene esa mujer...» Temía por su amigo, presentía peligros desconocidos, porque aquella mujer siempre encerrada había llegado a estar rodeada de un halo de encantamiento y destrucción. «Lo ha embrujado», me decía Ginés, «lo ha embrujado..., y digo yo, don Martín, que si en esto no puede intervenir la fuerza, quiero decir los guardias, que lo saquen de allí y me lo traigan al cristiano, que bastante necesitaba él meterse en esos líos tan a gusto como él vivía solo...». Eduardo estaba viviendo un gran amor. Un amor cuyas reglas venían dadas por la mujer que lo había arrastrado o seducido o a quien él había buscado sin saberlo en aquel jardín del Edén. Pasaron días sin salir de casa. Algunos lo veían coger el coche y correr a la ciudad en busca de alimentos, bebidas, lo imprescindible para seguir viviendo, pero el resto era encierro y pasión y, quizá, locura. Un día los vieron en el jardín. Ya era de noche, pero noche clara porque la luna iluminaba el valle entero. Dicen que el campesino que los vio había olvidado algo en el campo y regresaba a recogerlo, pero yo creo que fue a propósito, intrigado, obsesionado con El Vergel cerrado, tratando de saber si allí pasaba algo por la noche que no podían percibir por el día. Debió de asomarse por la tapia del huerto, que no es muy alta. Y allí estaban los dos, en el silencio de la noche, uno en brazos de otro, balanceándose en la hamaca que colgaba de la higuera al laurel... Dice que no se hablaban, que sólo se mecían, y en el huerto el aroma de las plantas era tan fuerte que, según el campesino, marcaba. Mareados parecían, adormecidos por el efecto del olor, contaba, porque no había vasos alrededor ni copas ni nada que indicara que estaban borrachos. Borrachos del olor y del amor estaban... La leyenda se fue extendiendo por la isla. Eduardo y la mora, los amantes prisioneros de El Vergel...

La carretera había quedado atrás y ya entrábamos por las calles de la ciudad, el barrio de pescadores, el paseo...

—Vamos al bar del quiosco —propuse porque necesitaba beber.

Quería estar cerca de Martín. Quería hablar de nosotros, dejar de hablar de Eduardo y de su amor por la mora. Me parecía que el amor de los otros se estaba infiltrando en nuestro amor, lo estaba devorando, destruyendo...

Cuando estuvimos sentados, uno al lado del otro, no pude evitar decir:

—Al hablar de Eduardo me parece que estás hablando de tu forma de sentir el amor. Me parece que cuentas el amor de Eduardo con cierta admiración y cierta envidia y, seguramente, nostalgia.

Martín se echó a reír. Su risa provocaba transformaciones inesperadas en sus rasgos. Su rostro se volvía más joven, más sensible.

—Yo creía que tus celos iban a ser de Eduardo. Celos retrospectivos, pero celos al fin...

Y sin embargo no era así. Un creciente disgusto me había ido invadiendo a medida que la historia se desarrollaba ante mí. Me parecía que Martín se estaba poniendo en el lugar de Eduardo y que era él mismo quien había vivido o deseado vivir el amor de Zara. Era infantil y lo sabía y al mismo tiempo yo había desterrado de mi vida a Eduardo hasta el punto de querer ignorar sus sentimientos por otra mujer y ni siquiera tenía curiosidad por explicármelos. Y a la vez una nueva sensación de atadura que me unía a Martín me estaba haciendo ya sufrir.

—No tengo celos de Eduardo —dije tratando de parecer serena— y tampoco son celos lo que siento por tu forma de contar su amor. Pero me parece que vas muy lejos al tratar de meterte en su piel...

Martín no replica. Da por buena mi argumentación. Pero yo sé que no le sirve. Yo sé que ha captado la evidencia de mi enojo y la dependencia que se deriva de unos celos impetuosos. Martín está empezando a darse cuenta de que mi amor por él está muy lejos de ser una aventura gozosa. Una pregunta me sobrecoge. ¿Qué será este amor para él?

Un campo de tabaibas se extendía hasta el mar. Un mar de verdor que se deslizaba hasta el borde de las aguas turquesas.

—Quemón de tabaiba, malo de curar. Mancha de tabaiba, mala de quitar. Eso decía mi madre —sonríe Soledad.

Ha bajado a acompañarnos hasta el lugar de la carretera donde hemos dejado el coche. La flor de la tabaiba estalla dorada, entre hojas carnosas que forman suaves cúpulas, sostenidas por tallos leñosos.

Soledad me señala, al fondo, un volcán manchado de lunares verde pálido. También son tabaibas que motean la piel rugosa de la ladera.

—Me gusta esta flor —dice Soledad, inclinándose para acariciarla—. Pero no intentes cortarla —me avisa con su mano levantada en ademán de contención—. Te manchará su jugo blanco, se pegará a tu piel y es muy difícil de quitar.

Arriba, en la casa adosada al molino de viento que es su estudio, ha quedado observándonos Efrén. No puede andar, tiene una pierna escayolada y la visita de amigos ha sido también una visita médica.

Está insufrible, le había advertido su mujer a Martín. Y Martín tiene que intervenir y reñir firmemente a su amigo: Si no estás quieto, habrá que volverte a escayolar, le amenaza.

La tarde ha transcurrido gratamente. Soledad es una mujer dulce y firme, paciente pero enérgica. Parece que su vida se centra en el hombre gruñón y enorme que le apunta con el bastón, le pide sin cesar cosas, se lamenta a grandes voces de su mala suerte, justo ahora que tenía a punto la obra del muelle, el gran proyecto, la rosa de los vientos de roca y bronce, la plaza del comienzo del paseo cara al mar, pero con una maravillosa perspectiva desde el otro extremo...

Soledad le deja hablar. Nos sirve té, le sirve café. Se interesa por mi vida en la isla.

—Adoro esta isla —me dice—, pero comprendo que para mucho tiempo puede ser sofocante...

Ella ha nacido aquí. Ha acompañado a Efrén por medio mundo y al fin ha conseguido detener el ímpetu vagabundo de su marido.

—Ahora, con la casa tan aislada y el estudio tan lindo parece satisfecho...

Al norte de la isla el paisaje es verde. Líquenes, bejeques, margaritas, aulagas. Y tabaibas. La costa es abrupta. Desde la casa se ve el mar, que levanta oleadas de espuma al chocar con las rocas.

—No comprendo que se pueda vivir en esta isla sin ver el mar —le digo a Soledad.

Ella asiente.

—Sin embargo —dice—, algunas de las cosas más hermosas están en el interior.

Pienso en la casa de Zara, El Vergel prisionero en el valle.

—Si yo tuviera que vivir aquí —declaro—, buscaría una casa junto al mar.

El tono de obligación que sin pretenderlo he dado a la frase —si yo tuviera que, si me viera forzada a— hace que Martín me mire con una mezcla de sorpresa e inquietud. Para borrar esa impresión, continúo:

—Pero por desgracia no ha lugar; no es posible elegir. El trabajo nos condiciona por completo...

Efrén apenas ha tomado parte en la conversación. Una vez recitadas todas las quejas, se ha sumido en un silencio enfurruñado, pero despierta para rechazar con decisión lo que yo acabo de decir.

—De ninguna manera —proclama—. Es nuestra libre elección la que condiciona el trabajo. No al revés...

No quiero discutir. Hago un gesto dudoso de aquiescencia.

—Puede ser...

Al despedirnos, al iniciar el descenso por el camino de tabaibas, Efrén se queda a la puerta, apoyado en su bastón, y grita, a modo de despedida:

—Te buscaré un trabajo si te quedas. Yo lograré que diseñes para mí y no para esa empresa tuya que te asfixia con sus tentáculos...

—Está loco —dice Soledad tranquilamente. Y se queda mirando las tabaibas, las matas cuyos ásperos botones, henchidos dulcemente, estallarán en flores por todo el campo verde—. Quema y mancha —decide—, pero es la flor de mi isla...

Aplastarse en la tierra como tabaiba, curvar el tronco, dar breves llamas amarillas. Dejar que el cuerpo se impregne de la leche nutricia que abrasa y se adhiere y aprisiona...

¿Es ésa la lección de Soledad? ¿Es ésa su fe?

Cuando arranca el coche, allá se queda, detenida en la última vuelta del camino, hasta que ya no es más que un puntito, un lunar que se confunde con las tabaibas derramadas por la ladera.

Espera mi visita cuando apunta la oscuridad,
pues opino que la noche es más encubridora
de los secretos.
Tengo algo contigo que si coincidiera con el sol,
éste no brillaría
y si con la luna, ésta no saldría
y si con las estrellas,
éstas no caminarían.

Martín ha puesto el libro en mis manos antes de abandonarme. Un abandono diario, una espera diaria hasta que el sol gira al ocaso. ¿Quiere que yo comprenda, que me reconozca en la mujer que hace mil años escribió en árabe ese poema?

... Espera mi visita cuando apunta la oscuridad... La noche es más encubridora...

Tenemos tantas cosas que ocultar... Nada que los demás no puedan saber, pero todo lo que nosotros no queremos que sepan. Y sin embargo, hay un reflejo múltiple de nuestro amor en lo que nos rodea: el sol, la luna, las estrellas, el mar y el viento y el volcán...

Me siento transportada sobre la piel de todas las cosas, pero mi amor me arrastra a lo profundo de la tierra. Excavaría hasta encontrar la última brasa de este volcán dormido que flota en el océano. Tiene que estar en ella la raíz de mi amor...

El libro se desliza de mis manos. Durante unos segundos sueño que estoy tumbada en un campo de tabaibas. Las flores amarillas me queman, me envuelven, se pegan a mi piel...

Desde la cama se ve el mar. Un mar alegre y limpio que me deslumbra con su luz. Giro sobre mí misma y me hundo adormecida en la mañana libre de fronteras. Todo flota fuera y lejos de mí. Un olvidado sentimiento de plenitud me transfigura. ¿Es esto la felicidad? ¿Esta sencilla y purísima sensación? Un pensamiento furtivo se introduce de pronto en la fastuosa catarata de mis percepciones. El tiempo pasa y tengo que volver. El pensamiento es rechazado con firmeza, pero asoma de nuevo, vuelve a deslizarse sinuoso... Los días pasan y tengo que volver. Hay un límite o al menos hay que fijar un límite...

Como un insecto zumbón y desquiciante, el pensamiento pugna por cruzar el umbral de la conciencia. El límite insiste, sólo marcar el límite, el fin de la escapada, y te dejaré disfrutar del presente...

Salto de la cama y abandono la casa de Martín. En la playa, el mar ha perdido la alegría de su brillo. El mar es sólo una amenaza; la vía antigua de las emigraciones, los abandonos, los exilios. Intentando ahuyentar al enemigo de mi dicha, me digo: son unas vacaciones, no necesito pensar en nada más.

El alto mediodía golpea la arena y voy a sentarme a la sombra de la roca más grande. Desde allí veo a Martín. Me incorporo sorprendida porque no le esperaba hasta la tarde. Él viene hacia mí. Parece cansado.

—Me he escapado. Tengo una hora; sólo una hora...

Caminamos el uno al lado del otro. Al andar, nuestros brazos se rozan de vez en cuando, pero no nos tocamos.

El espejo del rellano de la escalera me descubre la imagen de una pareja desconocida. Y sin embargo esa pareja la formamos los dos, Martín y Adriana, un nuevo ser. Abrazo su cintura y apoyo la cabeza en el hombro de Martín y somos jóvenes los dos, con la prisa y el ardor del amor primero.

Cuando la puerta se cierra tras nosotros el sol del mediodía arranca destellos por las cuatro esquinas del salón.

La isla es un precioso laberinto de calas violentas, roques batidos por el mar, arenas rojas, negras, amarillo dorado; carreteras lunares que conducen a pueblos somnolientos en la calma letal del interior. Ruedo y ruedo, paseo, deambulo, divago, vago, desmenuzo las horas, los minutos; espero. A veces me pregunto: ¿se puede vivir sin hacer nada, siempre esperando un encuentro, un delirio amoroso?

Por la espina dorsal me sube un temblor frío. No puedo pensar en mi marcha. No puedo soportar ni la suposición de nuestra despedida. Por eso voy y vengo y me detengo lo menos posible.

Camino de Ginés, he acelerado. Necesitaba reproducir mis primeros caminos por la isla. Necesitaba recordar las noticias recogidas sobre Eduardo, revivir los sentimientos que esas noticias despertaron en mí. El comportamiento de Eduardo en esta isla ¿me inclinó hacia Martín? Giro en la carretera camino de El Palmeral. Me acerco a la taberna. Ginés está en el sitio de costumbre; espera un interlocutor o más bien un oyente que le ayude a aliviar su soledad. Su voz fue la primera que me habló de Martín. No me canso de escucharle...

—Pero bueno, mujer, ¿y ahora me viene a devolver los dibujos? ¿Qué pasa, no le gustan o cree que se los ofrecí de cumplido? Bueno, si es por recuerdo y amistad, los acepto. Los coloco otra vez donde yo los tenía. En el cuarto aquel de su marido... ¿Así que continuamos de vacaciones?... Bien

hecho, bien pensado. Ya la veo ir y venir en su coche de paseo por la isla..., ya la veo siguiendo los
caminos de Eduardo... Todos no, claro, le falta
el camino de la mora..., tiene usted gracia y humor..., lo que pasa es que él nunca dibujó ese camino... ¿Y no le han contado que la casa está en
alquiler? Sí, señora, han puesto un letrero: «Se al-
quila»... Ha debido de ser la hija del general... Tenía una hija, por lo visto... Mire, aquí en la isla
sólo se conoció a la que parecía su mujer legítima,
su señora vamos a decir... Fue mucho tiempo antes
de lo de su marido y la mora, con perdón, cuando
la mujer del general vino a la isla. Me lo contó el
taxista que la llevó. Dice Gervasio, el de la plaza
Nueva, el que tiene la parada detrás del Ayunta-
miento..., dice que un día apareció una dama de
blanco toda, pamela, guantes, una señora, vamos,
como las de antes. Venía de la isla Mayor. «Estoy
seguro», dijo Gervasio, «porque el barco acababa
de llegar. Vino hacia mí y me dijo: ¿Usted conoce
la casa del general, una que han hecho en medio
de la isla?... Y yo le digo: Claro, señora, quién no
conoce El Vergel... Lléveme allí, dijo la dama».
Y dice Gervasio que se notaba que estaba acos-
tumbrada a mandar. Él la llevó a la casa y se quedó
a la vera del camino... Ya sabe usted que hay que
dejar la carretera y coger el caminito que lleva a la
casa. Él esperó como ella había ordenado. La casa
estaba, como siempre, cerrada. Ella llamó con fuerza, dice el taxista que parecía rabiosa en la forma
de llamar aunque luego al hablar fuera muy fina y
educada... Llamó y llamó y al fin se apareció el general con una de esas túnicas que llevan los moros,
blanca y larga, ya sabe... La hizo pasar y estuvo den-

tro, según Gervasio, alrededor de diez minutos...
No se oyó nada. Él no oyó ni discusiones ni gol-
pes. Sólo que a los diez minutos salió la dama, tan
tiesa como había entrado, y el general se quedó en
la puerta mirándola marchar. «Yo puse el coche
en marcha y allí seguía el general, pero ella no se
volvió ni le miró ni le dijo adiós ni nada. Traía el
bolso abierto y lo cerró... Se me hace a mí que ella
vino a hacerle firmar algún papel de dinero o de
cosas de ésas», decía Gervasio, porque si no es imposible que fuera todo tan rápido y al mismo tiempo
tan silencioso...

   Cuando termina de contarme la historia de
la mujer de la pamela, cuando me da la noticia del
alquiler de la casa de Zara, me lanzo a mi vez a hablar. Él, Ginés, tiene que ser un buen informador
sobre Martín. La pregunta me tiembla en los labios cuando la formulo.
   —Ginés, usted qué cree, contésteme con toda honestidad. ¿Volvería con su mujer el médico,
don Martín, si ella se lo pidiera?
   Ginés ha observado mi temblor, habrá po-
dido comprobar que ya no soy la misma que llegó
un día a su taberna, hace pocas semanas, inquirien-
do noticias de un marido que había negado hasta
su existencia.
   —Volver con su señora... —dice pensativo.
   Me mira y en sus ojillos vivos advierto sim-
patía y aquiescencia. Él sabe. Los rumores llegan
de todas partes a este rincón perdido entre palmeras. Los que pasan y se detienen un momento a salu-
darle, a tomar un trago, a comentar las vueltas que

da la vida le habrán contado ya: Ginés, te digo que es verdad que se les ve muy juntos a los dos, al médico y a ella, la mujer de tu amigo, el que vivió contigo y pintaba los dibujos aquellos...

—No, señora, no. Para mí que ya nunca podrá volver con ella. Lo difícil fue dar el paso y perder a los chicos, pero ahora ya no, ya nunca..., se lo digo yo que de lo único que sé un poco es de la vida de los hombres...

Una sombra de tristeza le cruza por la mirada. No sé qué adormecidos recuerdos le habrán venido a la memoria.

—Además, así son las cosas de este mundo. Usted tiene un marido que se vino para acá y la dejó en su casa y él vivió lo que quiso sin darle cuenta a usted... Don Martín tuvo mujer e hijos y ella le abandonó porque él no quiso seguir su capricho... Lo que le digo, señora Adriana, aquí te encuentro y aquí te desencuentro; yo conozco muy bien los caminos de la vida...

—Un buen sitio para charlar —dijo Martín.

Y recordé que también aquel día, que hoy me parecía remoto, había hecho la misma observación. Le brillaban los ojos, pero no sonreía. Sólo la voz acariciante transmitía una corriente cálida.

—He hablado con mi padre —dijo—. Está enfermo.

Un sobresalto me sacudió.

—¿Irás a verle? —pregunté.

—No. No es nada nuevo. Pequeños fallos que arrastra hace tiempo. Él tiene a su mujer para cuidarlo...

La gota de amargura de la última frase de Martín aumentó mi alivio. Recordé la semblanza familiar: «Mi madre murió hace mucho tiempo y mi padre se volvió a casar. Nunca nos entendimos. Él pretendía que yo fuera importante. Yo elegí el *aurea mediocritas* y le defraudé. También defraudé a mi mujer. Ella creía que al casarnos podría convencerme. No fue así. Me he pasado la vida defraudando a todo el mundo... Pero nunca he perdido la fe en los hombres. Por eso aporto mi grano de arena y ayudo a los demás a nacer, a vivir, a morir. Desconozco el sentido de la palabra ambición...».

Había sido al principio de conocernos. En algún momento del tiempo, tan próximo y lejano, anterior a nuestro amor. Yo no estaba de acuerdo: «Todo lo que el hombre hace tiene el motor de la ambición. Sin la ambición del hombre todavía estaríamos en las cavernas», dije. «Todavía estamos en las cavernas», contestó Martín. Suavemente, sin excitarse, sin entrar en la discusión que yo le brindaba, sin caer en el lazo que le tendía.

Desde entonces Martín no había vuelto a hablar del padre y el anuncio de su enfermedad no suponía el anuncio de peligro que me había alertado.

—He visto a Ginés y me ha hablado de ti —dije.

—Yo creía que siempre te hablaba de Eduardo —replicó Martín sin ironía.

—También de Eduardo. Y de ti y de mí...

Martín no hace preguntas. Un poco ausente, un poco melancólico, deja vagar la mirada por los barcos anclados en el muelle.

Dentro del recinto, la impresión de barco navegante que tuve el primer día se repite.

—¿Viajas mucho por mar? —pregunto intentando atraer su atención, apartarla de cualquiera que sea la razón de su alejamiento.

—Antes sí, cuando era joven. Cuando era estudiante —rectifica— prefería el mar. Ahora siempre viajo en avión.

Se detiene un momento. Luego continúa hablando.

—Pero sólo el mar señala la verdadera distancia. Sólo el mar es distancia...

Lo dice con lentitud, con convicción, con un dejo de significados ocultos. Vuelve a estar junto a mí. Regresa de su preocupación a su tristeza. Siento que algo tiene que ver con ellas la palabra distancia. Con cautela aventuro una insinuación ambigua:

—¿Nunca has pensado, ahora que tus hijos van a estar allí, intentar algún cambio, intentar la Península como lugar de vida y de trabajo?...

Una forma indirecta de súplica. No puedo pedirle: Ven, porque me siento incapaz de decir: Me quedo.

Como adivinando mi juego, Martín dice:

—No pidas a nadie renuncias que no estás dispuesta a intentar tú...

Hay una pausa corta y luego, a propósito, desvío la conversación hacia Eduardo.

—Siempre se puede intentar un cambio. Mira, Eduardo encontró aquí lo que nunca había encontrado, un gran amor. Porque lo nuestro no era amor, o por lo menos no era el amor que él encontró con Zara. Lo nuestro era sólo...

No encuentro una definición o una palabra que sintetice nuestro precario amor.

Bruscamente regreso al punto de partida, cuando Martín entró y se sentó a mi lado y me dijo sonriente: «Éste es un buen sitio para hablar».

—Hablemos de Eduardo —digo recuperando el impulso primero—. Tienes que continuar con la historia de Zara... Tenemos poco tiempo hasta la puesta de sol...

—Cuando Eduardo encuentra a Zara descubre una mujer diferente a las que él ha conocido, diferente, sobre todo, de ti. Zara viene de un mundo pasivo, resignado, adormecido, en el que las mujeres son el regazo del hombre, el dique de su agresividad, el escudo para su miedo, la dulzura para su derrota..., y podría seguir la letanía... Eduardo descubre también la libertad en el amor. Todo es posible a cualquier hora, de mil formas distintas. Porque Zara no tiene prisa. Zara vive para el amor...

Martín habla despacio, fríamente. No se entusiasma ni se exalta. Su discurso tiene la precisión de una charla científica; su exposición es el resumen de un conjunto de datos que él ha observado. No tengo nada que decir. Tampoco él espera mi respuesta porque no ha terminado.

—... Eduardo descubre una forma de amor que nunca había vivido, el amor pasión, el amor sin trabas ni inhibiciones, el amor físico en estado puro, estimulado por la sabiduría de un ser superior en ese aspecto, Zara...

No puedo evitar intervenir. Tengo que defenderme, no de Eduardo, sino de Martín.

—Quiero que me recites mi propia letanía. ¿Qué he sido, según tú, para Eduardo? ¿Qué carencias he ido acumulando sobre su pobre vida?

Como siempre que me indigno, Martín sonríe. Su sonrisa tan poco prodigada, tan difícil y tierna, borra todas las dudas, me conforta y me anima. Pero insisto:

—Por favor, describe lo que he sido, según tú, para Eduardo.

Frunce el ceño exageradamente. Pretende concentrarse.

—Veamos. Para Eduardo has sido: el acicate de su ambición, la exigencia de su capacidad, la amargura para su fracaso. ¿Suficiente?

Vencida, cambio el enfado por la decepción.

—Seguro que tienes razón.

Pero quiero seguir hablando de mí. No es el amor de Zara y Eduardo el que está en juego. Es el amor de Adriana y Martín.

Con tristeza, declaro:

—Yo no he vivido nunca un amor parecido. No sé lo que es una pasión incontrolada.

Martín sonríe de nuevo. Adelanta sus manos y las coloca sobre las mías. Intenta consolarme, devolverme la confianza, asegurarme lo mucho que me quiere.

—Hay bosques que no sufren incendios. Los que han sido devorados por las llamas a veces no retoñan nunca. Otros, como un milagro, reverdecen y crecen, lentamente...

«... Fuego puro, aquello era fuego puro, madre de Dios. Yo le digo a Juan que es pecado querer así... Querer a un hombre, bueno, porque la vida si no, ¿qué chispa tiene? Pero quemarse, consumirse, abrasarse, digo yo que eso suena más a infierno que a gloria, ¿no le parece, señora Adriana? Y no lo digo porque él fuera quien es. Lo diría aunque fuera el hermano o el padre de la señora... Aquello era... Para que se haga una idea: dice mi comadre, Guadalupe, que soy yo la madrina de su niña, dice que ella los vio, sin querer verlos, pero mire por dónde se le escapa a la niña la perrita que tiene, oiga, una graciura de perra. Bueno, pues mientras mi comadre estaba dándole a la azadita para arrancar las malas hierbas que le salen a la vid, va la perra y se le escapa a la niña y da un salto de gato porque eso no es propio de perro y se cuela en el jardín de El Vergel... Fíjese usted el compromiso. Mi comadre es listeja y espabilada, que ha vivido mucho y ha estado en la Península sirviendo hace ya tiempo..., que no es corta ni mucho menos, vamos, pero dice que ella estaba apurada porque ¿cómo entra usted en una casa misteriosa y cerrada que todo lo que cuentan de ella es como un embrujo?... La niña no paraba de llorar y la madre tuvo que decidirse... Tras, tras, llama que llama. Nadie le contestaba, pero ella no tenía más remedio que repetir la llamada... Al fin, dice la pobre que oyó susurros, así como suspiros o murmullos del viento o yo qué sé lo que ella imaginaba que oía, pero se abre la puerta y no crea que es ella, la mujer, la mora la que abre, qué va, es el mismo señor Eduardo, su marido, señora Adriana, que se lo cuento porque usted me lo pide, porque me dice que no le importa nada y que quiere saber lo más posible del asunto... Bueno, pues el señor Eduardo abre la puerta y lo tenía vestido con chilaba de seda azul, fíjese qué capricho, que según Lupe le sentaba muy bien con ese rubio del pelo, ba-

buchas rebordadas de oro y también azules y unos
ojos..., dice que la miraba como si despertara del
más allá..., usted no se asuste que ésas son cosas que
pasan a los hombres por meterse donde nadie les
llama..., usted tranquila que después ya le vio usted
y sabe que está bien, sano y salvo y no está ende-
moniado ni embrujado ni nada... La Lupe, tem-
blando, dice ella, le habla y le dice, usted perdone,
la perrita se le ha caído a la niña por la tapia del
jardín... Olía, dice que aquella casa olía a incienso,
a iglesia en misa grande, qué sé yo, a olores finos y
mareantes, que a mí me pasa, ya ve, yo en la iglesia
cuando hay incienso, entre el olor y las luces me
mareo, por eso dice Juan que voy tan poco, que no
es sólo por eso, desde luego..., pero volviendo a la
casa de la mora, al Vergel ese... Dice Lupe que el
señor Eduardo la hizo pasar por una puertecita que
hay a un lado del porche y ella entró corriendo y
recogió a la perra, que andaba tan tranquila oliendo
y husmeándolo todo, pobre animal, tan poco acostumbrado a un vergel como aquél..., siempre pisan-
do tierra quemada y dura..., dice que el jardín es un
paraíso, que allí crece de todo, flores, árboles que
ella nunca había visto..., y una fuente en el medio
que, digo yo, ¿de dónde saca el agua?, aunque parece que en el patio interior tienen un pozo excavado
sabe Dios a qué metros y sale agua medio salada,
pero lo tienen sólo para que caiga el agua sobre la
pila y suene al caer... y el agua de regar, bendita sea,
la llevan dos veces a la semana en un camión aljibe
que lo vuelcan sin entrar en la casa, en un depósito que está en lo alto, en ese tejado redondo, y que
suben a él por una escalerita que hay detrás... Y le
advierto que no ha sido Lupe la primera que pudo

comprobar el encantamiento de aquella casa. Muchos son los que rondan por el valle trabajando, y algunos que les pilla el atardecer sin terminar la faena cuentan que allí pasaban cosas: porque está el olor, el olor ese fuerte que rodea la casa y luego se oían gritos, como quejidos o suspiros o cánticos extraños de ellos dos... Aquí llega mi Juan y que diga él si es verdad o no lo que le cuento... O ahora va a resultar que tú podías hablar y yo no... Lo de siempre de los hombres... Tú dices lo que quieres, pero cuando yo empiezo con que sois unos zoquetes y de qué modo os dejáis enredar por la primera que viene, entonces, calla, mujer, no digas esas cosas a la señora... ¿Le quieres tapar a él o qué? Porque me parece que ella lo tiene ya bien destapado y me alegro porque el hombre era bueno y cariñoso y yo le tengo ley, pero ahora que la conozco a ella, Juan, te digo que era ciego ese hombre, arrimarse a una mora teniendo en casa esta hermosura...»

Martín vendrá en seguida. Quiere echar una ojeada a Esperanza. No hay quien convenza a esta mujer de que necesita cuidados para llevar mejor el embarazo... Yo no iré al hospital más que para morir, señora Adriana, a ver si ahora resulta que parir va a ser algo del otro mundo...

Martín vendrá y Esperanza cortará el chorro de improperios y agudos comentarios que ha despertado en ella la torpe petición de Juan: Deja ya esa historieta, mujer, que la señora va a acabar mareada...

Juan es capaz de ser fiel a Eduardo y al mismo tiempo pedirme comprensión con la mirada, ser fiel a mi presencia y a mi amistad y hasta al nuevo suceso que me retiene aquí.

¿A quién contará un día Esperanza mi historia? Me la imagino manoteando para apoyar con fuerza sus palabras. Dirá: Aquella mujer vino a vernos con la cosa de saber del marido, pero luego, oiga usted, luego empezó la historia de don Martín... ¿A quién iría contándole esta historia? Por un momento pensé en Eduardo. ¿Sería él el oyente cauteloso, él quien recorriera paso a paso la isla, suplicando versiones de amigos, recogiendo datos sueltos para ordenar su teoría?...

Pero Eduardo no regresará. Un velo de tristeza cubre mi espera. Eduardo no regresará. Seré yo la que iré a su encuentro... Iré al encuentro de Eduardo, seré sincera. Desde el primer momento le diré: Tengo que hablar contigo. No acudiré al pacto cobarde que él impuso entre los dos. Le obligaré a escuchar...

Hace calor, pero la tierra desértica está empezando a enfriarse. Dentro de poco llegará Martín. Rendirá su visita cordial a Esperanza y a Juan. Nos marcharemos. Por el sendero polvoriento dirá: Voy a llevarte a un lugar... La isla no es muy grande, pero está llena de rincones perdidos.

—Voy a llevarte a un sitio nuevo —dice Martín.

Ya enfilábamos el camino que conduce al cruce, allí donde una flecha señala la playa Blanca que encontré un día. Pero no es ése el rumbo. Hay que cruzar la carretera y en dirección opuesta tomar una estrecha senda que atraviesa kilómetros de lava fría. La muerte habita a ambos lados del camino, en el silencio de la tierra calcinada. Siento una opresión en el pecho ante la sola idea de quedarme detenida en este trozo de luna inexplorado. Pero en seguida se adivina el mar. Una línea pequeñita y azul al final del sendero, una franja que se ensancha a medida que avanzamos. El mar. Hay una playa desierta que recibe en su arena negra el último rayo de sol. La arena brilla con el fulgor grisáceo del carbón. Detenemos el coche. Descendemos. La arena es dura y áspera bajo nuestros pies. Caminamos al borde del mar hacia un grupo de rocas que se elevan formando una barrera hasta el agua. Hay que subir a lo alto, descender luego. Al otro lado, la sorpresa de una cala azul y un remanso de arena blanca.

En el centro de la playa hay una casita de pescador con una falúa rota a la puerta, clavada en la arena como un trofeo. Martín se adelanta y llama:

—Tomás.

Nadie responde. No obstante, la puerta está abierta y puede verse el interior. La cocina con una mesa grande y al fondo, en el dormitorio, un camastro que ocupa todo el hueco de la habitación.

—Tomás no está —confirma Martín y me invita a sentarme en la falúa que ofrece un borde amplio de madera pulida.

La tarde se ha apagado por el este y un anuncio de sombra recorre la playa. A lo lejos un punto luminoso brilla en el mar.

—Tomás —asegura Martín—. Tomás con la barca nueva —se queda mirándolo un buen rato y dice—: ¿Tú crees que ese hombre tiene prisa? Está solo y lejos. Hace frío de noche en la mar. Echa las redes, enciende un cigarrillo. Espera. Todo su mundo está en la barca, pero no piensa que es un mundo frágil. Su barca es su isla. Los isleños sentimos el cobijo que significa un trozo de madera flotando en el mar...

A nuestras espaldas todavía hay luz. La melancolía de los ocasos me abruma. Me atosiga un deseo acuciante de escapar. Una isla es un deseo de huida, una tentación para la huida y un deseo de quedarse, una necesidad de aferrarse al espacio limitado de tierra. Marchar y quedarse, la tentación y el atractivo de la isla.

—¿Nos vamos? —pregunto.

El sol está a punto de desaparecer. A esta hora en que el tiempo se detiene, necesito hacer algo para calmar mi ansiedad.

Martín se levanta. Dice:

—Tú siempre tienes prisa. No has perdido la angustia de la prisa...

Es verdad. Pero no quiero hablar de mí. Antes de que él lo haga empiezo a hablar de Eduardo.

—¿Eduardo perdió la prisa, perdió el agobio de la prisa con Zara?

Martín no contesta. Continúa en silencio, desandando el camino de lava triturada que nos lleva al coche. Antes de arrancar, se me queda mirando y dice:

—Justo el tiempo que tardemos en llegar. Sólo hasta entrar en casa hablaremos de Eduardo...

No sé si es una promesa o una protesta porque soy yo la que he empezado. En cualquier caso él habla y la historia de Eduardo sigue sonando en mis oídos.

—Zara fue muchas cosas para Eduardo. Con Zara perdió el sentido de la prisa, de las ataduras, de las obligaciones. Porque en Eduardo había sobre todo una búsqueda de libertad. Y en Zara creyó encontrar la libertad. Pero Zara no era una salida. Nadie es una salida para otro. También ella le ata con su pasividad. Le exige la no acción, la incomunicación con los demás. Y eso tampoco es una salida... En resumen, yo creo que tampoco Zara hubiera sido una solución para Eduardo.

No puedo menos de interrumpir a Martín.

—Dices que Zara no era una solución. ¿Existe alguna?

Martín no contesta. Se está haciendo de noche y aún nos quedan algunos kilómetros para llegar a la ciudad y alcanzar la casa de Martín.

En el aire ha quedado suspendida una frase que zumba en mi cerebro desde que Martín la pronunció: Tampoco Zara hubiera sido una solución para Eduardo. Una frase tajante, pero condicionada por ese «hubiera».

—¿Qué pasó al fin con Zara? —me decido a preguntar.

Toda historia tiene un final. No sé por qué he rehuido desde el principio esa pregunta. Quizá quería seguir los pasos temporales del relato. Ahora, sin saber cómo, he preguntado y ya no puedo volver atrás. ¿Qué pasó al fin con Zara? ¿Por qué el regreso de Eduardo, por qué el retorno a la antigua pesadilla?

Martín no duda. Ha detenido el coche porque mi pregunta coincide exactamente con el final del viaje. Cierra el contacto. Apaga las luces y nos rodea la oscuridad. Sólo en lo alto brillan la luna y las estrellas cuando contesta:

—Zara murió.

La brevedad de la respuesta tiene la eficacia escalofriante de un telegrama: Zara murió. Mañana seguirán más noticias... Al entrar en la casa que alberga nuestro amor, Zara ha sido enterrada y el llanto de Eduardo se queda detenido en el umbral. Mañana...

Zara murió. El sol brilla en lo alto y arranca chispas del mineral oculto en las rocas.

—Toda la rueda del año aquí, sin moverse, ¿es eso bueno? ¿Por qué no le convence usted de que se vaya? A la Península, sí, y más ahora que va a tener allí a sus hijos...

Caridad se apasiona pocas veces. Limpia y calla; trabaja y calla. Protege a Martín y guarda silencio. Es una sombra oscura, una falda gris de mucho vuelo, las alpargatas negras, el sombrero que abandona a la puerta, el cesto siempre lleno de pequeñas cosas que transporta de su casa a la casa de Martín: la ropa limpia y planchada, los tomatitos, la sandía. Se mueve silenciosa y, cuando se va, la casa queda ordenada y en penumbra. Todo es penumbra en Caridad. Pero hoy ha roto a hablar.

Por vez primera da señales de reconocerme y aceptarme y se dirige a mí, casi furiosa, como pidiéndome cuentas:

—¿Le parece a usted bien, este hombre, aquí encerrado, solo? El padre se marchó detrás de una mujer, sí, señor, la madre de Martín. Se fue a la isla Mayor y allí extendió el negocio lo que quiso y fue feliz hasta que ella murió... Ella era medio inglesa, sí, y vivía en la Mayor. Pero dígame usted, este chiquito aquí encerrado, sin familia, ni nadie que le cuide... Yo le prometí a la madre que no le dejaría, pero ¿y mi hombre?, ¿y mis hijos? Bastante me conformo con que me dejen un rato libre cada día... Por eso le digo a usted, que la vengo observando y me parece que se le iluminan los ojos cuando lo ve, le digo a usted, señora, sáquemelo de aquí, que viva fuera a temporadas... Si él no necesita dinero, si él tiene mucho, ¿le digo lo que tiene?... La otra también tiene. No es por ahí el problema, no, señora. En casi todos los matrimonios el barco hace agua por las pesetas. Pero aquí no, aquí es por otras cosas... Ay, si yo pudiera convencerla a usted de que se lleve a este hombre...

Caridad se equivoca. Martín está en su sitio, en el puesto que él mismo se ha asignado. Martín necesita vivir aquí. Necesita esta tierra y esta gente, necesita el sol y el mar y la lejanía de otros mundos que ya experimentó y no le dieron la paz.

Y Caridad: «Lléveselo con usted, sáquelo de aquí...», como si fuera un niño encaprichado que ignora lo que le conviene. Se me queda mirando dubitativa y suspicaz. Suspira. No encuentro palabras para tranquilizarla. Apoyo mi mano en su brazo y le digo:

—No se preocupe por Martín.

Afuera el sol del mediodía convierte el mar en una gran plancha de peltre bruñido. Caridad cierra las celosías, pero deja abiertas las ventanas. Una luz verde, un aire verde, refrescan suavemente la habitación. Caridad se aleja moviendo la cabeza. Ha roto su silencio y ha quebrantado su discreción en vano.

Cuando se va yo me quedo en el salón. Sumergida en su frescura trato de revivir una mañana de mi vida anterior, la que me está esperando dentro de poco, a mi regreso.

A estas horas... Un sopor neblinoso me impide reconstruir alguna actividad relevante, algo que pueda definir mi trabajo.

Hay pocos trabajos esenciales. Martín tiene razón. Pero el trabajo anestesia el dolor del conocimiento. En este momento me siento sola porque sé que estoy sola... La penumbra me da sueño. Desmadejada, me tiendo en la mecedora y cierro los ojos. Una curva de silencio rodea el mundo. Zara murió. Las palabras han perdido su sentido. Estoy instalada en el centro de un gran vacío.

Cuando despierto hay murmullos de vida en el exterior. Llora un niño abajo, en la playa. Una apagada canción materna lo calma. Y en seguida la sirena de un barco tiembla en el puerto. Pesado y ruidoso se arrastra por la carretera el autobús que lleva a los pueblos del sur. Tras la siesta isleña resucitan sonidos, movimientos. Yo también resucito. Entreabro la ventana. Una luz metálica limita el horizonte. Exactamente en el centro de esa línea, en medio de la extensión marina que abarca mi vista, hay un barquito. Con su presencia, un pescador rompe la poderosa inaccesibilidad del mar.

... Pues muy buena idea ha tenido usted porque a esta hora, cuando cierro la agencia, es cuando

mejor me viene acompañarla... ¿Prefiere ir sola?...
Ah, pues por mí no hay cuidado. Usted me devuelve luego la llave y santas pascuas... El precio, ya le
dije, se podría bajar un poco, contando con la dueña, claro, ella tiene la última palabra..., pero si a usted le interesara... Muebles, muebles no hay, pero las
cosas que encuentre van con la casa, desde luego...

No quiero comprar la casa de Zara. Pero
quiero verla. Necesito entrar en ella, contemplar
El Vergel con mis ojos. Martín dijo: Te acompaño
cuando quieras... Pero no lo ha entendido. Necesito estar sola. Sentir en soledad, adivinar, imaginar,
tratar de comprender lo que allí pasó un día. No es
por Eduardo. Tampoco es por la mora desconoci-
cida. Es por mí misma. Necesito saber si hay algo
duradero en la pasión de los otros. Algo que se
perciba y se palpe y se transmita incluso. Saber si
en ese Vergel residen las causas de su embrujo o sólo
es un mausoleo desolado.

Cuando introduzco la llave en la cerradura
la puerta cede con facilidad. Al abrirla, la leve corriente de aire que se produce mueve las aspas de
un ventilador colgado del techo. Un olor a cenizas
se mezcla con otro aún más intenso, una esencia pe-
sada, un perfume denso que impregna las paredes
o que ha permanecido suspendido en el aire durante estos tres años.

... Era al atardecer y los volcanes anuncia-
ban fuego..., sí, señora, se lo digo yo a Esperanza
cuando hay un sol tan rojo y tan abrasador..., y eso
que nosotros lo vemos de lado, pero ahí en el valle
se ve el fondo, arrebolado, oiga, como un fuego de

verdad... Así era aquella tarde, cuando ellos se asfi-
xiaban ahí dentro...

Toda la parte central de la casa la ocupa un
salón. El salón está vacío. Extendidos por el suelo,
varios cojines forrados de seda brillante, una alfom-
bra enrollada, todo ello sucio y chamuscado. Al fondo hay una alcoba sin puerta. Entro en ella y por
una ventana con los cristales rotos siento un aroma
de flores frescas que se filtra del jardín. Un gran
diván ocupa la alcoba. Tirado sobre él hay una túnica desgarrada. La tomo en mis manos, la pal-
po, la huelo. El mismo olor espeso y cargado que
invade la casa cerrada. Abro la ventana y por el
hueco se ve el jardín y las palmeras que descienden
por la ladera de los volcanes. Hay una puerta
pequeña, al fondo de la casa. Al abrirla, un revue-
lo de insectos, mariposas, mosquitos, abejorros, se
eleva del vergel dormido. La fuente, en el centro,
está seca. Abro la llave y el surtidor estalla en un
remolino de gotas que golpean las cerámicas de la
fuente. Luego, el sonido se amansa, adquiere ritmo, se ajusta a una cadencia. Las flores están vivas.
Alguien, ¿el hombre de la agencia?, vigila el agua
del aljibe, se cuida de regar para hacer más tenta-
dora la compra. Un granado, un naranjo, un flam-
boyán, geranios, correhuelas, fagonias, malvarrosas,
todo mezclado, glorioso y fragante. El Vergel de
Zara y Eduardo...

El rojo crepúsculo de la isla dibuja con un
trazo grueso el perfil de las montañas sobre el cielo.
... Era al atardecer y los volcanes anuncia-
ban fuego...

Estoy aquí, dentro de estos muros, y trato de sentir y revivir lo que los otros me han contado. Estoy aquí, delante de este diván despojado, sostengo entre mis manos la gasa finísima que rodeó el cuerpo de Zara, aspiro el olor desvanecido a medias de su perfume y el aroma siempre vivo del jazmín que rodea la casa. El resplandor rojizo que se eleva detrás de los volcanes fue contemplado por los dos en una tarde así. Embriagados de gozo, enajenados, en sus dedos temblaban los cigarrillos encendidos del cáñamo africano. Adormecidos, traspuestos fueron alcanzados por un fuego provocado por ellos...

... Eduardo salió como un loco dando gritos y cargándola en brazos, pero ella ni se movía, ella, lo dicen los que estaban más cerca, los que acababan de acarrear los últimos saquitos de su cosecha, y no habían doblado el recodo del camino, dicen que ella estaba toda envuelta en humo negro y que su cuerpo, medio desnudo y divino, dicen, apenas se movía...

Quiero pensar en Eduardo, quiero meterme en la piel de su dolor. Me derrumbo en el diván vacío, me tumbo en él, me extiendo hasta que el cuerpo entero se relaja y, con los ojos cerrados, aspiro el residuo invisible de las esencias de Zara...

... Que no era una salida el mar, señora Adriana, no era salida porque había que andar bastante trecho hasta alcanzar la arena de la playa y ella 'no hubiera llegado viva allí de ningún modo, y las quemaduras tampoco las arregla el mar..., pero él obsesionado con la playa..., creo yo que él, en su locura, pensaba que ella dormía y que el volcán en llamas les perseguía... Ginés, me había dicho en una ocasión, como esto empiece un día..., y señalaba los volcanes..., hay que correr al agua, al mar... Y el caso es que si vamos a ver, el incendio no fue tanto, se quemaron cuatro cosas... Lo apagaron con agua de mar, con el agua de la fuente del jardín. Al apagarlo olía a sal quemada... Pero lo malo era el encierro, lo encerrados que estaban y lo dormidos, y yo creo que a ella le falló el corazón al no poder respirar o por lo que estaban tomando, que vaya usted a saber... Pobre Eduardo: el volcán, Ginés, cuidado con el volcán..., pero más malo que esos de ahí fuera era el volcán que a él le abrasaba...

Carretera adelante, conduzco deprisa. Atrás queda El Vergel adormecido en sus aromas, clausurado y vacío. A mi alrededor brillan entrecruzados los caminos de la isla. En busca de Eduardo he recorrido esos caminos, dando vueltas en círculos. He recorrido la isla, un laberinto cuyo centro es El Vergel. Con la muerte de Zara, Eduardo salió del laberinto. He llegado al final de su historia. ¿Cuál será el final de la mía?

Al entrar en la ciudad hay un olor a adelfas y un dulzor de caña en el aire. Miro a ambos lados de la calle, blanca de cal, negra de lava. Estoy desorientada, desnortada, desconcertada. Y no sé hacia dónde ir.

Ginés

... Pues yo, si tengo que decir la verdad, si tengo que ser sincero, creo que han hecho bien..., no por nada sino porque han hecho lo que han querido. Que hay poca gente decidida a hacerlo... Porque vamos a ver: ella, una señora que tiene su trabajo y su negocio y su consideración en la Península y él, de él qué voy a decir..., un hombre que es de aquí, que le quiere todo el mundo, que tiene aquí su vida..., pero, ojo, que la vida la tiene destrozada por aquella mujer que le ha quitado hasta los hijos, así como suena..., él que es joven, pero que muy joven todavía, ¿y va a quedarse toda la vida de solitario, sin rehacerse, sin tener más hijos si le da la gana?... Yo, para mí, que hicieron bien... Bien, bien, bien hecho..., y lo digo porque así lo pienso... ¡Lo que ella habrá venido aquí a hablar conmigo! Tú crees, Ginés, que Martín volverá con su mujer, me decía... Eso después. ¿Y al principio? Ginés, y tú qué opinas de mi marido. Por qué me dejó él, por qué se vino sin decirme nada... Bueno, no es que ella lo dijese así, como yo lo digo, pero se le notaba que a cada cosa que yo hablaba, a cada cosa que le contaba se le enturbiaban los ojos tan claros, tan bonitos, y se ponía triste, que lo sé yo... Me acuerdo cuando lo dije, fue el primer día, que el Eduardo que yo decía era viudo... Se puso blanca aquella mujer. Yo ni sabía adónde mirar... Me parecía que se iba a desmayar, pero qué va... Valiente y decidida me lo pareció siempre... Y ella decía: Pero, vamos a ver, Ginés, cómo mi hombre, cómo Eduardo se vino aquí y me dejó tan sola. Y yo le contestaba, cosas de hombres, Adriana, cosas de hombres que tienen mal asiento y que no saben ver lo que en su casa tienen... Que ya digo, no lo expresaba así, pero yo lo entendía sin palabras y ahora yo lo pongo en su boca aunque ella nunca me lo dijera directamente... Y cuando empezó a enamorarse de don Martín, porque las cosas hay que decirlas como son, así de claras..., se enamoraron los dos y se veía, se les notaba en la manera de mirarse, de hablarse, se veía a la legua..., y entonces ¿qué pasó?, que ella sufría, porque diría ella: me quedo o me voy, vuelvo a mi vida con Eduardo o me quedo en la isla con Martín, que es una vida nueva, que me gusta, que me parece más mía..., digo yo que todo eso se lo preguntaría ella porque aquí, decir, decir, no dijo nada. Pero ya se sabe que yo soy charlatán y me invento las cosas, las palabras. Me lo invento porque los años me hacen leer en las personas sin que ellas lo noten... Ay, la señora Adriana, qué bien la conocí desde el principio, tan clara y tan sencilla y tan callada de palabras, pero tan habladora con los ojos y la forma de sonreír cuando yo le contaba mis historias... Ay, Adriana... Sólo le puedo desear bienes sin cuento, felicidades y venturas porque se las merece... Por éstas... Y eso no quiere decir que no me hubiera gustado más que no ocurriera nada, que ella ni hubiera venido... Pero lo demás ya no es culpa de nadie...

Soledad

No me gusta juzgar las conductas ajenas. Yo misma he sido tantas veces juzgada... Cuando me fui de la isla con Efrén, cuando dejé plantado al novio que la familia había buscado para mí, porque entonces era muy frecuente impulsar a una chica hacia un muchacho conveniente... Cuando yo me marché con aquel loco que para todos era Efrén, vagabundo descontento, desarraigado, sin dinero: toda la sociedad de la isla se me echó encima... Pero nadie se detuvo a pensar en mis razones, en mis deseos ocultos, en mis impulsos. Por eso, ¿quién soy yo para juzgar a Adriana y a Martín?... Yo no tomo partido por nadie. Entre adultos, todo vale... ¿Por qué lo hizo? No sé. Yo hablaba muchas veces con ella. Venían a vernos y Martín se enzarzaba con Efrén en discusiones interminables... Ella y yo paseábamos. Le gustaba andar por el monte de las tabaibas. Más de una vez, sin que yo le preguntara me hablaba de sus dudas. Soledad, me decía, ¿cómo puedes vivir aquí encerrada sin trabajar, sin tener una actividad tuya, independiente? Yo le decía: Trabajo, pero no como tú entiendes el trabajo. Tengo todas las horas del día ocupadas en cosas que me gustan y no me exigen horarios ni tensiones ni luchas... No sé si lo entendía... Necesito el ritmo de la ciudad, me decía. Necesito levantarme, coger el coche, salir por la mañana bien vestida, perfumada, segura. Y empezar la batalla. Necesito la lucha y lo que me da esa lucha, sensaciones, dinero, viajes, lujos que me compensan de las horas de esfuerzo y desgaste... Yo la miraba y la comprendía. Pero no podía apoyarla. Yo también he vivido en esa lucha y nunca más volveré a someterme al engranaje. Se lo dije más de una vez. Pero, por favor, no confundamos, yo no la influía para nada... Era su amor por Martín y su necesidad de Martín lo que la trastornaba... Yo no influiría en nadie aunque pudiera porque sé que cada uno debe buscar por sí mismo salidas, soluciones, buenas o malas, pero suyas...

Esperanza

... No, Juan, al principio no. Cuando ella empezó a venir por casa no era así... La mandó don Martín precisamente, pero ella no hablaba del médico. Ella seguía dale que dale a la idea del marido, que por qué habrá venido, que a qué habría venido..., y eso no lo sé porque me lo dijera ella, lo sé por otros lados, que a mí me han contado de muchos sitios donde ella andaba preguntando, como de refilón..., o sea que ella tardó bastante en encariñarse con don Martín... Si yo me acuerdo que al principio yo no paraba de elogiarle y le contaba que su mujer le había deshecho la vida..., y ella entonces parecía que no se interesaba..., ahora, eso sí, un día, yo no sé si fue cuando le dijimos si quería ser madrina de lo que viniera, madrina con don Martín, se le iluminó la cara..., porque volvió otro día y me dijo: Esperanza, me quedo para el bautizo... Y entonces vamos a ver, me faltaban por lo menos veinte días o más para dar a luz. O sea que ahí, me parece a mí que vino a empezar todo, el enamoris-

carse y olvidarse ya de preguntar por el marido...
Cállate, Juan, que eso no es faltar a nadie, eso es la
pura verdad..., y no es que yo vaya a estar de acuerdo que tú también sabes que para mí no hay más
que un hombre en mi vida, pero las cosas son como
son y no sacamos nada con taparlas...

Juan

... Como un volcán, sí, señor, como un volcán. Se veía que aquello iba camino de explotar. Si
no había más que verlos juntos... Mira que ella
vino aquí con la idea fija de encontrar lo que había
hecho su marido, que si Eduardo por aquí, que
si Eduardo por allá, que si sabíamos lo que hizo
Eduardo, lo que fue de Eduardo. Para mí que ella
vino con la mejor intención a averiguar qué había
hecho su hombre el tiempo que estuvo aquí y eso
hay que entenderlo, no nos pongamos ahora a ex-
trañarnos... Pero, claro, se encuentra con que don
Martín es el que más sabe, el que más puede orien-
tarla y a la vez es de su categoría, no vamos a ne-
garlo... ¿Quién mejor le iba a informar a ella, a ex-
plicarle las cosas, a ver, quién mejor? ¿Y nos vamos
a asustar de que pasaran de una cosa a otra, de la
preocupación por el marido de ella a las lamen-
taciones sobre la mujer de él?... Y así, cuando se
quieren dar cuenta los tenemos a los dos entusias-
mados de una forma que había que verlos para
darse cuenta, aquello era como si hubieran nacido
el uno para el otro, que yo no quiero ofender a nadie, pero aquello era una pareja como Dios manda, se les veía de lejos, porque así son las cosas de

la vida y quién le iba a decir a ella y menos a él que iban a encontrarse así de modo tan particular, ella buscando rastros del marido y él defendiéndolo y dando la cara por él para que ella lo comprendiera todo...

Antón

Aquí venían mucho. Me acuerdo el primer día que los tuve a cenar. Yo no la conocía a ella ni sabía quién era; la trajo don Martín y cenaron, pero se me marcharon sin terminar porque apareció el señor Damián, el constructor, el del diente de oro, y se va para él y le empieza a decir: qué buena hembra tienes, Martín, y groserías así porque estaba borracho como una cuba y claro, él la quitó de en medio y yo me quedé pensando, quién será esta señora con tan buena apariencia, de dónde habrá venido, porque no era frecuente que don Martín trajera aquí personas de ese porte..., ni de otro porque desde que pasó lo que pasó con su mujer y ella lo abandonó, andaba como huido de todos, andaba torvo y mohíno... Luego volvieron más veces y, me acuerdo como si lo estuviera viendo, un día llegó ella sola y me chocó y me dijo: Don Martín vendrá luego que yo he venido pronto a bañarme en playa Blanca y le esperaré aquí. Y yo le dije: Una copita, y se la traje y ella me sonreía y me miraba como cortada, como vergonzosa... Yo me daba cuenta de que quería hablar de algo y no se decidía y para entrar en conversación le dije: Está el ron fuertecito y fresco o está flojo y caliente, porque yo sabía cómo le gustaba a ella y ella que sí, An-

tón, que está muy bueno..., pero venga a mirarme
como de reojo y a quererme contar o preguntar pero
sin decidirse. Y en esto había aquí una inglesa de
ésas, sentada a una mesa, que se acerca y me pide «papel de cartas, por favor», y se lo voy a buscar y se lo
doy y luego le digo a ella, a la señora Adriana: Esa
que usted ve —por la inglesa— vino acompañada
y se quedó sola porque su hombre se fue con otra
a su tierra. Pero ella no se quiso marchar y se quedó en la isla... Ya encontrará apaño, es guapa y está libre, ¿no le parece?... La señora Adriana miró a
la inglesa, que andaba vestida de negro como las
isleñas y hasta con el sombrero de pleita con la cinta también negra; le había dado por ahí... Yo creo
que pensaba: ¿a quién estará escribiendo? Y yo apro-
veché para decirle: Seguro, segurísimo que le está
escribiendo a él, porque es difícil romper así de
golpe lo que uno fue para el otro y lo que el otro
fue para uno... Ella me miraba, la señora Adriana,
digo, como si no estuviera del todo de acuerdo, así
que yo cambié de suerte y le dije: Si su hombre,
como el de esa mujer, la abandonara por otra, en
algún momento, alguna tarde como ésta, digo yo
que la recordará y dirá: ¿qué he hecho yo?, ¿por qué
he dejado a la mujer que fue conmigo tan buena? —buena, digo yo que lo sería—. Pero, señora
Adriana, le dije, los hombres se dejan enganchar
en el anzuelo aunque luego bien saben ellos que
eso no es lo mejor, ni siquiera lo bueno... Veía yo
que le gustaba a ella más pensar que era el marido
el arrepentido y no la mujer..., por eso fui cam-
biando de manera de hablar..., si ella, la inglesa, se
va con otro, le dije, ¿qué puede el marido repro-
charle? A ver, ¿qué puede? Y ella hace bien pero

que muy requetebién, lo cual no quita para que yo le pueda asegurar que no hay ni uno que llegado el caso no sienta lo que pasa y se arrepienta al verlo y diga: ¿qué hice yo con mi vida? Pero vamos a ver, ¿a mí quién me mandaba?

Caridad

... Yo sólo quiero que mi Martín esté bien, yo sólo le deseo que acierte con lo que hace, porque ese hombre, que se lo tengo dicho a la señora Adriana, ¿qué hace solo? Lléveselo, le dije, lejos, a la Península o más lejos aún porque esta isla le tiene como atado, como embrujado. Yo no creo que vaya a ser feliz aquí, le dije, mejor lejos de donde fue tan desgraciado, mejor en otra parte, que se vaya, que se olvide de islas y se ponga a vivir como él merece... De qué me iba a quedar yo aquí para los restos si no fuera por ese corto de marido que tengo que no arranca y que dice: éste es el sitio que tengo decidido para vivir y para morir..., ¿qué le parece?

Ginés

... Otra cosa muy distinta es la manera de hacer las cosas. Que se pueden hacer bien y mejor. Pero es muy difícil opinar de lo que les va por la cabeza a los demás. Y sobre todo de lo que les bulle por el corazón. Porque ellos dirían: ¿por dónde tiramos, para allá o para acá? A ver. Cada uno con su vida a las espaldas y él con dos hijos encima. Y la arpía mucho dinero tiene pero responsabilidades, las menos. Bien le machacaba a él a cartas y a telefonazos: que si mandamos a los niños a Inglaterra, Martín, que si necesito tu permiso y que si tú pagas los viajes o la estancia o qué... Y él dinero tiene, pero ese lastre no se lo va a quitar en la vida... Yo hijos no tengo, lo sabe todo el mundo, pero miro a mi alrededor y veo que los hijos son una piedra al cuello que no te la quitas nunca mientras vivas... Y don Martín no va a ser diferente..., así que los hijos, un detalle muy importante... No sé, no sé, a mí los hijos me parece lo más equivocado en este caso, que no es lo mismo el que es libre y dice allá voy, que el que está atado de por vida por esos grilletes tan peligrosos...

Soledad

... No ayudan a ser feliz, lo sé. Los hijos desgarran, aprisionan, invaden; llenan la vida como nada en el mundo... Y luego te dejan y te quedas vacía. Lo hablé más de una vez con Adriana. Me parece a mí que ella tenía clavada esa espina. Ella, que estaba tan segura de todo lo que había hecho, dudaba. Un día me dijo: ¿Tú crees que si yo hubiera tenido un hijo estaría ahora aquí? No sé, le dije. No sé... Y es cierto que no lo sé. Sólo pude hablarle de mi experiencia. ¿Qué otra razón podemos esgrimir para ayudar a los demás?... Le dije, yo tuve dos y uno murió cuando era un niño. Nunca volví a ser yo. El otro vive en la isla Mayor. Se ha casado, viene poco. Al final quedamos Efrén y yo, solos los dos, como al principio, como siempre.

Juan

     ... Era mediodía cuando Esperanza empezó con los dolores. Siempre pare al amanecer pero esta última no salió madrugadora. Así que yo fui corriendo con ella, la subí en el camello, la saqué a la carretera y allí paramos el primer coche que vimos que fue un extranjero, por cierto, que el hombre vio a Esperanza cómo estaba y la cara que llevaba y fue pero que muy señor y nos dijo, así como ellos hablan, hospital, hospital, y empezó a correr y yo le aconsejaba: despacio, despacio, pero yo creo que él tenía miedo de que naciera el niño en el coche... Bueno, pues llegamos con el tiempo justo y menos mal que don Martín estaba allí, como siempre, porque este hombre, no lo voy a descubrir yo ahora, lo sabemos todos, lo mismo atiende partos que rompeduras de huesos que cólicos que todo..., pero cuando lo ve mal, manda en seguida a la Mayor, que allí hay muy buenos aparatos y mucho especialista de esos que sólo saben de una cosa... Allí estaba don Martín y acababa de nacer la niña cuando, no sé cómo, ya teníamos allí a la señora Adriana..., temblorosa estaba cuando entró a ver a Esperanza. Cogió la niña en brazos, la miró como alelada y le dijo a Esperanza: Ay, qué milagro de hija, ay, qué suerte, Esperanza..., así, como si fuera la primera. Que yo le dije: Suerte y grande que haya venido bien, señora Adriana, pero en casa ya hay dos, unos tanto y otros tan poco..., y ésta me miró con esos ojos asesinos que pone cuando yo digo lo que ella no quiere que diga... Pero yo, aparte de eso, no noté nada nuevo... Me acuerdo que pensé, en cuanto sea el bautizo, se nos va la señora Adriana..., y ella también lo pensaría porque tras la alegría y el contento de ver a su ahijada se le nubló la cara y dice esta mujer que por mi culpa, por decirle lo de unos mucho y otros poco, que le había revuelto a ella, dice Esperanza..., pero no lo creo..., para mí que era lo cerca que se le ponía ya el tiempo de marchar, que ella pensaba en eso...

Esperanza

... Tú siempre confundiendo y hablando por tu cuenta... Te digo que hiciste tú muy mal de hablarle a ella recordándole que no tenía hijos... Pero claro, ella estaba triste por todo... Si ya en cuanto me vino a ver al hospital, que vaya empeño don Martín con llevarme allá..., pues ya entonces lo noté yo. Cogió a mi Teresita en brazos y se quedó mirándola arrobada, con una cara de ángel del cielo, oiga, y yo me dije, en medio de aquel furor que yo tenía por verme lejos de casa y de los míos, me dije, la señora Adriana daría algo por estar en mi cuerpo, en esta cama con una niña en brazos, suya... Fue así como un repente que yo tuve porque la verdad es que ella la miró con cariño y me dijo: Ay, Esperanza, qué niña tan bonita has tenido, me parece mentira que vaya a ser mi ahijada..., y yo le dije: Cuando sea mayor me la reclama para la Península, que más aprenderá allí que en este semillero de lava, y ella dijo, ahí sí, ahí estoy segura que se le notaba y no eran ideas mías, se puso como triste, como nublada, y dijo: Déjate de Penínsulas, Esperanza, que la niña se críe sana y fuerte y que aprenda lo que tiene que aprender y luego que ella elija su vida, que es muy malo elegir por los otros... No estaba don Martín en ese instante pero a mí me sonó como que ella estaba harta de la vida que había tenido antes de venir a la isla. Lo cual que yo le dije a Juan cuando me vino a ver por la tarde, tan relimpio y con cara de santo, la que pone siempre después de parir yo a sus hijos..., le dije a Juan: A mí se me hace que la señora Adriana está rara, como si no estuviera contenta..., que no sé si será por haberse quedado hasta el bautizo o será por sus cosas o es que le da pena dejar la isla y a don Martín o al contrario, que le da preocupación volver con el señor Eduardo. Porque a ver, a ella le preocuparía llegar y dar la cara después de haber estado tan a gusto con don Martín..., las cosas hay que decirlas, Juan, y si hablo de más, Dios me perdone, pero me parece que la verdad debe ir siempre por delante...

Antón

... Yo a los niños de él los conocía, los conocía todo el mundo. Él los traía a comer a mi casa muchas veces. Iban a la playa Blanca, se bañaban, jugaban con un barquito que tenían, la vela era anaranjada, parece que lo estoy viendo, y a don Martín se le caía la baba con los hijos... El morenito, el espigadito, se parece mucho a él... Pero eso era antes de marcharse su señora, la de don Martín... Se veía que él era un padre de muchísima bondad y los educaba muy bien y les corregía si no comían bien y les secaba el pelo si estaban muy mojados al salir del agua... A ella no la veía nunca, porque eso que digo de los baños y la comida con los niños, era él solo..., ella nunca venía; era como tiesa, como si todo le pareciera poco y por eso también creo yo que se fue, porque en la isla no tenía ella bastante campo para lucirse, qué guapa era, Dios mío si era guapa..., el pequeño, el rubito era clavado a ella... Y desde que se fueron él no fue más el mismo, se lo aseguro yo... No es don Martín de los que cuentan, que eso lo sabe cualquiera que le trate, pero se le notaba tristón y amargado... ¡Pues anda que no tardó en volver por aquí!..., meses sin aparecer... Un día fui a que me visitara al hospital y él se alegró y a mí me pareció bien preguntarle: ¿Y los chiquillos, don Martín? A él le tembló la mano, palabra, al oír esa pregunta. Se dominó porque él es un hombre y me dijo: Los echo mucho de menos, Antón...

Caridad

Nadie le mandó casarse con esa mujer. Nadie le mandó tener hijos. Pero si se casó y los tuvo, los tiene que proteger... También por eso le decía yo a la señora Adriana que se fuera a la Península, porque pensaba yo que así los hijos no le perderían del todo... Pobrecitos míos. Poco me dejaron a mí tenerlos porque entre que no me bandeaba bien con la madre y que luego coincidió que también yo tenía a los míos en mala edad, poco pude tirar por ellos... El mayor era el que más quería, el que era como Martín; me recordaba a Martín cuando era niño porque yo entré en la casa de los padres con quince y él tenía cinco, que nos llevamos diez, ¡y no he cargado yo con él a todas partes!... La madre me decía siempre: No me lo pierdas de vista, Caridad, que este niño tan fuerte que parece es muy delicado..., delicado lo era pero no de salud, de sentimientos. Por eso le hizo tanto daño aquella mujer... A la madre no le gustaba nada pero él era joven y no se le iba la novia de la cabeza... Los niños, sí, lo primero los niños... Martín tiene que hacerse cargo de esa idea. Por delante los hijos. Ni amores ni amoríos... Su obligación es acogerse a lo que les convenga a los hijos... Ser buen padre de ellos y no dejárselos quitar, que cuando quiera darse cuenta ni le conocen ni le reclaman ni se acuerdan que tienen un padre tan lejos..., yo no me meto en lo que hagan los hombres ni en lo que hagan las mujeres pero cuando hay hijos, alto ahí, cuando hay hijos no hay más camino que el sacrificio...

Ginés

Aquí al lado vive Lidia, la Hechicera, que la llamamos así porque echa las cartas. Hace un par de años que se instaló aquí. Yo no sé de dónde vino pero vino en un barco y a mí me dio por pensar que venía de América. Porque el habla la tenía así arremansada y suavita, como nosotros... Se me vino a instalar ahí a la vuelta, en una casa abandonada, la que era de Justo, el que se fue al servicio y no volvió... La casa está medio en ruinas y nadie se hacía cargo de ella. Así que cuando vino la adivina esa preguntó por el pueblo: ¿De quién es esa casa? Nadie le daba razón porque el Justo no tiene familia, que toda se había ido marchando hace tiempo.

El alcalde, no se sabe por qué, la autorizó a quedarse y ella dijo: La arreglo y firmo lo que sea de que la dejaré cuando me la pidan, pero háganme esa caridad, hermanos, que no molestaré a nadie... Al principio todos estábamos en contra, así como retraídos, pero luego no, porque ella vale, la mujer. Ella solita arregló la casa y la cubrió por dentro toda de papeles de colores y de recortes de revistas de América..., por eso le digo que era verdad mi idea y tenía una fotografía de ella joven y guapa dando la mano a un señor que allí es muy importante, en América... Alrededor de la casa la pobre no tenía más que palmeras, como todos en el pueblo. Pero ella en seguida empezó a hacer favores, que le encalo la casa, que le ayudo a trenzar la palma. Y poco a poco se hizo la imprescindible y todos recurrían a ella cuando la necesitaban... Para mí que ésa vino huyendo de una venganza o de un hombre o de las dos cosas... Bueno, pues mira por dónde un día viene una mujer y me dice: Oye, Ginés, que la americana echa las cartas. Que las echa muy bien. Mira, a mi madre le ha acertado todas las cosas que le pasaron en su vida y a mí me ha dicho que me voy a casar para setiembre y ni novio tengo... Y al poco tiempo, que coge novio la chica y que es para setiembre como dice la adivina... Yo no me lo creía, la verdad, pero seguían viniendo las noticias: Oye, Ginés, que esta mujer le acierta a todo el mundo, que a Roque le acertó lo de la barca, que a los pocos días se le encalló en la isla del Faro... Y a lo que vamos, estaba un día hablando conmigo la señora Adriana, cuando entra la hechicera a buscar vinito dulce, que le gustaba un rato... La ve, la mira con fijeza a los ojos y le dice:

Señora, usted me tiene que acompañar... Y la señora Adriana: ¿Y por qué?, le dice. Y ella se pone muy seria y le contesta: Acompañar a mi casa a que le lea las cartas del futuro porque estoy observando algo raro en sus ojos, algo que me preocupa y que es mi obligación decírselo... La señora Adriana se quedó muda. Me miró como diciendo: ¿qué hago, Ginés? Y yo lo eché a broma y le dije: Vete, Lidia, y deja a la señora tranquila... Y luego le conté yo a la señora Adriana lo que pasaba y le expliqué que era una bruja que acertaba a la gente su futuro. Y ella se puso triste, triste, y me dijo: Ni hablar, Ginés, que ni de lejos quiero yo saber mi futuro, que me da susto sólo de imaginarlo..., seguramente dijo la mitad de esas palabras pero se quedó mustia y tuve que obligarla a beberse un roncito de la botella aquella de Cuba, esa que tanto quiero yo, Adriana, le dije, la que me regaló su marido, mujer... Bueno, pues a los pocos días volvió la Lidia y dijo: Ginés, la señora no vino a casa pero puedo decirte que algo muy grande le va a ocurrir... Lo que pasa es que sin estar ella delante no puedo interpretar en mis cartas si es muy bueno o muy malo lo que viene... Yo me quedé pensando pero no dije nada a nadie. Y menos a la interesada, no le faltaba más, con las congojas que se traía desde que vino al mundo la niña de Esperanza y Juan y se acercaba la hora del bautizo...

Soledad

... Sí, yo creo que fue en el bautizo. No por el bautizo en sí, sino porque marcaba el final del plazo que se había fijado. Pocos días antes estuvimos juntas. La había invitado a Las Orquídeas. Yo voy mucho allí porque me fascinan los viveros y ver las flores a través del cristal mientras tomamos una taza de té. Me recuerda una casa que tuvimos Efrén y yo sobre el mar, cerca de Guayaquil. Allí caían las orquídeas hasta el borde de la piscina... Bueno, pues ese día charlamos y Adriana parecía tranquila. Me hizo una pregunta: ¿Cómo puedes vivir sin notar el paso de las estaciones? No esperó la respuesta. Continuó hablando, parecía que estaba haciendo un recuento de lo que había sido su vida pasada. Toda mi infancia transcurrió en el norte, me dijo. Recuerdo la nieve en el invierno y la alegría del mar en el verano, el mar en los días claros cuando el viento barría las nubes y aparecía el sol, brillante y limpio. Los colores de las flores que brotan en primavera y los rojos y sienas del otoño... Recordaba paisajes, no personas. Se lo hice notar. Me dijo: No tengo más familia que Eduardo. Mis padres murieron hace tiempo... Yo creo que ella estaba tratando de aferrarse al pasado, luchaba contra la sola idea de renunciar a lo que ella decía necesitar: los horarios, las fechas, las estaciones del año...

Esperanza

... El bautizo fue al ladito, ya sabe, en la parroquia que nos corresponde... Sí, en las fiestas del pueblo. Y el bautizo fue otra fiesta más... ¡Ay, qué cohetes y qué música!... Y todo el pueblo tan blanco y tan adornado con guirnaldas de colores y flores de papel y banderas... A mí todo me parecía que era por mi niña, por mi Teresita... Cuando llegamos, en los escalones de la plaza estaba toda la familia y allí estaba mi hermana, que no conocía a la señora Adriana, porque ella vive del otro lado, de La Laguna para allá... Pues mientras esperábamos, ella, que es muy campechana, le dijo: Así que usted es la madrina, ¡qué madrina más joven y más guapa, Teresita! A ver si te sacan bien de pila ella y el padrino, que tampoco es manco... ¡Ay, qué padrinos va a tener mi niña!... Yo tengo cuatro, cuatro hijos como cuatro soles. ¿Usted ninguno, verdad?..., ya me dijo Esperanza. Una pena. Porque para una madre los hijos son, no sé cómo decírselo, como el agua y el sol para las plantas; que la planta sin sol y agua por lozana que sea acaba secándose... Pero usted es muy joven, ¿no se anima? Todavía está a tiempo... Don Martín callaba porque es muy imprudente esta hermana mía, ir a mentar la soga en casa del ahorcado. Porque él diría: a qué viene ésta con el cántico de los hijos. A qué viene el decir a la señora lo que tiene que hacer... En esto que nos abren la iglesia. Y cómo relumbraba. Para allá entramos todos. ¡Que son unas costumbres! Yo estaba todavía bien baldada pero, hala, los padres los primeros, con las modas de ahora... Cuando todos rodeábamos la pila y oíamos al cura las peroratas esas que sueltan, yo miraba a la señora Adriana, y en el momento en que ella me cogió la niña, me pareció que se emocionaba como en el hospital cuando se la entregué... Entre una cosa y otra y verse al lado de don Martín con aquella cría en brazos y la música y las luces..., que buen dinero les costó tanta luz y tanto coro...

Juan

... ¿Y de qué te quejas tú, cristiana? ¿Es que no eres feliz?... Yo más no puedo darte, pero los críos cosa tuya son, que no faltaba más que saliera yo del camello y me pusiera a limpiarles la cara... Y además que eso no viene a qué, lo que tú pensabas no es lo que piensan los demás, de modo y manera que la señora Adriana, en el bautizo y fuera del bautizo, pensaría lo que ella quisiera y no sé a qué vienes tú con la monserga de que mejor está como está y que lo de ella sí que es vivir y no lo tuyo, todo el día aperreada..., que no te lo tengo en cuenta porque siempre te pones así cuando los partos, renegona y amargada..., que no es tu natural... Y de lo que tratamos, la verdad la vi yo mejor que tú, que yo estaba a su espalda, cerquita de ellos. Y vi que él, don Martín, le cogía un poquito el codo, como diciéndole: que aquí estoy, que no te apures por las cosas que diga esta gente, porque tu hermana qué pico tiene, madre mía, con lo hermosa que está cuando se calla..., pero si volvemos a ellos, a los padrinos, yo les vi a los dos tranquilos y contentos, en la iglesia y luego en el festejo, bebieron roncito, comieron rosquillas y hasta bailaron con la gente, con nosotros, los de la familia, y no sé si tú te diste cuenta, Esperanza, tanto que hablas luego, que cuando se puso a cantar el abuelo Eleuterio, con esa voz que tiene tan fina y tan sentida, al decir aquello de:

> *... penitas sólo las tienen*
> *los que están de amor heridos...*

Ahí sí que ella estaba emocionada, vamos, que lo vi yo bien claro y sin ser tan exagerado como tú, te digo que ahí sí parecía que se le aguaban los ojos..., pero no quiere decir nada, quiere decir lo que decimos, que ella estaba triste y acongojada porque se le acercaba la hora y eso no es por molestar a nadie, pero lo mismito que cuando vino estaba triste por dejar atrás lo que dejaba, ahora estaba triste por lo que aquí había encontrado..., pero ya digo, sin ánimo de levantar la liebre ni meterme en lo que no me llaman...

Caridad

... Ella vivía en la casa de Martín. Claro que dejó el hotel, no lo iba a dejar... Vivía en la casa y allí tenía sus cosas. Yo no la veía mucho porque andaba por la playa cuando yo limpiaba, pero con lo poco que hablábamos ella siempre estaba: que cuando yo me vaya, Caridad, haces esto y lo otro, que a Martín le gusta... Ella siempre me decía «Martín» porque de sobra sabía que él era como de la familia para mí. O sea que si me daba instrucciones era por algo. Y yo, al menor descuido, volvía a la carga. Lléveselo, mujer, que por lo menos tendrá cerca a los hijos... Ella se me quedaba mirando como si no estuviera despierta del todo, sabe lo que le digo, como si me escuchara del otro lado, ya me entiende; que estaba aquí pero no estaba..., sólo replicaba: No te apures por Martín, mujer, que él ya sabe cuidarse... Ni sabía antes ni sabe ahora, bien claro está..., no sabe este muchacho lo que le conviene..., y anda a lo ciego dando tropezones...

Yo no sé nada del bautizo..., fue por las fiestas de
Santa Catalina, sí, yo tengo una prima en el pueblo y la fiesta sí que la vi pero no sé si era el bautizo ese día u otro que a mí no me va ni me viene... Y cómo voy a saber yo si ese día ella estaba
contenta o descontenta, si no les vi..., era domingo y ni siquiera aparecí yo por la casa a limpiar...,
además, digo yo que no sé por qué tanto hablar
del bautizo y si ella estaba ese día con la cara de
una manera o de otra, perdone usted, pero no sé a
qué viene darle vueltas al dichoso bautizo, si lo que
importa no es eso sino lo otro, por lo menos en mi
parecer...

Antón

... Vinieron a cenar ese domingo, cómo no
me voy a acordar..., ella venía de blanco, precio-
sa, y yo que siempre ando de bromas le dije: Parece usted una novia, señora Adriana..., y él contestó: Novia no, Antón, sólo madrina..., y me contó
lo del bautizo de la niña del camellero... Pues yo los
vi como siempre, para qué voy a decir lo contrario... se tomaron los pececitos de siempre con su
salsita picante..., luego se quedaron un rato ahí al
lado de la ventana de la playa, que les gusta mucho
ese sitio... Hablar, hablar, no hablaban pero no nos
vamos a extrañar que se hable poco cuando hay
mucha pena o mucha alegría y yo no sé de qué tenían más ellos en ese momento... La vida es muy
fastidiada, no me diga. Es que le pone a uno en
unos papeles... Yo no digo ni dejo de decir pero
aquel día todo fue normal... Lo único que me lla-

mó la atención fue que al marcharse ella se despidió, así como si no quisiera entretenerse, y me dijo: Claro que volveré algún día..., una cosa rara porque ellos venían mucho, pero al decirle yo: Hasta que vuelva otra vez por aquí, ella me contestó como le digo... Sí, era como si se despidiera... Yo lo que no puedo aclarar es que ese día se les viera a los dos o, sobre todo a ella, algo muy diferente..., pero si me empiezan a averiguar pues diría lo que dije ya, que la despedida fue un poco rara...

Ginés

Vino Miguel. Me dijo: ¿A que no sabes a quién he pasado a la isla de las Dunas? No sé, le dije. Al médico, a don Martín, y a la señora del señor Eduardo... Yo me quedé sin habla. Porque el día antes ella había venido y me había dicho: Adiós, Ginés, me voy mañana. Ya no puedo quedarme más. Pero algún día volveré... Y se tomó el roncito... Venía sola, sin él. Solía venir sola porque él como trabaja hasta tan tarde... Yo, así de pronto, no supe qué decirle a Miguel y de repente me acordé de la Lidia, la echadora de cartas. Y me puse nervioso..., a ver si va a tener razón ésta, a ver si va a pasar algo muy gordo o a ver si ella les ha embrujado..., tonterías que se piensan, porque hay que ver..., la noticia era una bomba..., ¿qué iban a hacer a la isla si es tan difícil pasar que hay que esperar a veces semanas a que el mar se tranquilice? Ay, Miguel, le dije, pero tú qué crees; a ti qué te dijeron...

Miguel

... Le dije a Ginés: Yo sé muy poco del asunto. Llevaban una bolsa, así como de excursión, poco cabría en ella. Y me vinieron a buscar y me dijeron, me dijo él, don Martín: ¿Tú cómo ves la mar, Miguel? ¿Se podrá pasar el río? Y yo le contesté: Si sigue así hasta el atardecer se puede pasar, que a esa hora a veces rolan los vientos y se pone mal la cosa... Yo creía que me lo decía por hablar de algo, por cambiar impresiones mientras se tomaban una cervecita en la taberna. Pero qué va, él entonces me dice: Nos llevas para allá a la señora y a mí. Yo no me extrañé, la verdad, porque hay mucho caprichoso que quiere cruzar a aquel pueblo de pescadores del otro lado. Que por cierto no me gusta a mí pasar a nadie, pero tratándose de ellos... Así que preparé mi barca y ellos se metieron y, poco a poco, a cruzar la corriente y a atracar en el muellecito. Y yo les digo entonces: ¿A qué hora nos volvemos? Yo por lo de los vientos, por si cambiaban. Pero qué va... A ninguna, Miguel, nosotros nos quedamos, me dijo don Martín... Y se empeñó en pagarme la ida y la vuelta y algo más. Y no me dio recado ni otra noticia que lo dicho. Y cuando ya volvía yo y ya se dibujaba la tierra de mi puerto, pensé de pronto: Pero bueno, si es lunes, cómo este hombre ha dejado el hospital. Si él, en la vida...

Juan

... Fue al día siguiente de cristianar a nuestra Teresita. Tanto que si tristes que si alegres que si

142

ella se iba que si se quedaba, pero algo había... Yo me enteré en el volcán, que llegó un compadre mío de la isla de las Dunas, que se ha venido aquí buscando otro horizonte y me lo dijo: ¿No sabes la noticia? Que la madrina de tu niña se ha ido a las Dunas con él. Y yo como tonto: ¿Con quién? Y él: Con quién va a ser, con el médico... Yo dejé el camello y me vine para acá para decírselo a Esperanza, y ella: Que ya lo decía yo, que tú ni te enterabas pero ese día yo los vi raros... Y yo: El que los vio raros fui yo, que a ver quién dijo que ella casi lloraba... Total, que de nosotros no se había despedido la señora Adriana. De otros sí. Dice Ginés que a él, el día antes del bautizo, ya había ido a decirle adiós. A nosotros nos dijo al marcharse aquel día, el del bautizo: Ya vendré, porque tengo que traerle un recuerdo a Teresita... Y por cierto, el recuerdo lo mandó al día siguiente y era una cadena de oro con un sol por un lado y por el otro su nombre, Teresa; me pareció raro lo del sol en vez de un santo o una Virgen... El caso es que ella no vino y Esperanza no se extrañó... Porque ella dijo: Vendrá justo a decirnos adiós, ya lo verás. Y cuando llegué sofocado y le conté lo que pasaba se santiguó y dijo: Que sea para bien...

Antón

... ¿Qué le dije? A mí me dijo adiós a su manera y luego se volvió atrás, se arrepintió y de irse nada... Pero esa isla es el fin del mundo. Volverán. Yo creo que después de una temporada volverán... Allí no pueden vivir toda la vida... Tomar el sol, pescar, bañarse..., si allí no hay luz eléctrica... Eso sí, a los duneros les vendrá de perlas. Cada vez que haya un enfermo irán a él y así ni hace falta venir al hospital... Para mí que están viviendo en casa del tabernero, que solía alquilar habitaciones a los submarinistas que a veces caen por allí... Y sobre todo con el nombre de don Martín y la amistad del padre con todo el mundo en estas islas..., de pequeño habrá pescado él allí mil veces con el padre..., el padre era amigo de la pesca; tenía un barquito... Pero desde que el padre se fue, a él, que yo sepa, nunca le había dado por ahí...

Esperanza

... Llevan dos meses. Mañana dos meses del bautizo de mi niña y se fueron al día siguiente..., dos meses... Dicen que él dejó una carta escrita al hospital y yo qué sé lo que diría..., como él no tiene nunca vacaciones les diría que se iba por una temporada..., yo qué sé..., yo creo que vuelven en cualquier momento. Mi hermana dice que no, ¡qué sabrá ella!; dice que no, que ellos se quieren apartar de todo y vivir como en esas películas de islas desiertas..., qué sabrá ella de cines ni de películas..., la vida es más fatigosa que las películas y anda que no es fatiga para ella, tan señorita, vivir sin agua corriente ni luz ni las comodidades que ella tenía...

Caridad

... No vuelven. Yo digo que no vuelven. Si conozco a mi Martín, ése no vuelve... Le habrá costado mucho dar el paso, pero luego no se echa para atrás... ¿Qué pasó cuando la otra se marchó a la Mayor? Dijo que no y que no y aquí sigue, aquí seguía hasta que se marchó a las Dunas... No vuelve... En la casa lo dejó todo, ropas, documentos, todo, pero no vuelve..., me da a mí el pálpito que se quedan allí hasta que Dios quiera, si es que en esas cosas se mete Dios, pero en lo que a mí respecta, pues eso, que no vuelven...

Soledad

Hay espejismos, tengo que admitirlo. Todos nos hemos guiado en un momento dado por espejismos. Pero ¿dónde está el daño? Probar, experimentar nuevas situaciones, soluciones nuevas, es absolutamente lícito. Volverán, no volverán, qué importa... Un día me dijo Adriana: Todos tenemos derecho a equivocarnos. Yo no sé si ella pensaba o no en sí misma al decirlo, pero tiene razón, el derecho a equivocarse es uno de los pocos derechos que tiene el ser humano...

Ginés

Yo le dije a Miguel: Tú te vas por allí, que yo te pago lo que sea justo por el viaje... tú te vas y te acercas como quien no quiere la cosa, como que estás pescando y se te ha ocurrido parar allí y te enteras de la vida que hacen y me lo cuentas, hombre, que no es curiosidad, que es el cariño que les tengo a los tres, a ella, a don Martín y a Eduardo,

le dije, porque así es, no es que ahora quiera dár-
melas de bueno... Y él se acercó a la isla hace dos
días, era domingo, y dijo él: Voy a hacer el encargo de Ginés que hoy no se mueve ni una palma y
me va a ser muy fácil entrar y salir en el brazo del
río... Bueno, pues al pisar el puerto dice Miguel que
le daba vergüenza, así como si fuera guardia o le
hubiera mandado el juez; que se sentía a disgusto
y no sabía por dónde empezar...

Miguel

... Ginés me tenía loco..., que vayas y que
vengas, que me cuentes. Pero digo yo..., soy el padre o la madre o el marido de la una, la mujer del
otro, para andar preguntando por las Dunas qué
hacen, cómo viven. ¡Qué fácil lo ve Ginés!... De-
sembarqué en el puerto chiquito que ellos tienen,
me gusta a mí la isla, ir dos veces al año o tres si se
cuadra... La gente es calladita; no te cuenta en seguida lo que quieres saber..., cómo se nota lo pequeño y lo grande, qué diferencia... A nosotros, en
la Mayor nos dicen que somos apartados, reservo-
nes, pues qué dirán de aquellos de la islita... Yo me
fui a la taberna del puerto y pedí una copa y en seguida: Bueno está el ron, muy bueno... Y me miraba el hombre aquel como a los guardias, ya digo,
no sé si era la impresión que yo tenía por todo el
cuerpo o era verdad que él me miraba con recelo...
Tú conoces a mi hermano, le dije al tabernero, que
pescó contigo hace años, antes del accidente... Porque yo lo sabía que éste tuvo una suerte muy mala y
se rompió la pierna en una mala marea. Todavía me

acuerdo cómo entraron en puerto, aquí en la isla nuestra, sin palos, sin redes, a empellones contra las rocas... Tú eres el pequeño, me dijo, el Moro, que estuviste en África; te conozco... Y parece que se animó al ponerme en mi sitio... Yo, más tranquilo, empecé a tirar del hilo a ver si caía el pez. Y le dije: Poca gente por aquí, poco extranjero... Y él callado... Poca gente de fuera del pueblito... Y él me mira y adivina a lo que vengo. Mira, Miguel, no vengas con preguntas que sé por dónde vas y si quieres saber te acercas a punta Morena y allí preguntas, que en aquella casa los tienes, pero no me vengas a mí con indirectas, que no es mi misión a bordo... Yo no fui, porque ¿cómo iba a andar hasta el norte de la isla?, y ¿qué digo al llegar?... Aquí me vengo por encargo de Ginés a ver qué tal ustedes... Pero en esto entra un viejito de esos que tienen poco que perder como no sean los años y me mira y le dice al tabernero: ¿Éste qué quiere? ¿También viene a quedarse o de visita? Pero qué mosca les ha picado a los isleños..., porque así nos llaman a nosotros. Ellos no, ellos no son isleños, son duneros aunque tan isla es una como otra, si vamos a ver...

Juan

Mi compadre, el de la isla de las Dunas, el que anda en el camello con nosotros, me lo dijo porque a él se lo contó su mujer..., que la va a ver de mes en mes, no crea que es fácil cruzar ni fácil pagar al que te cruza..., pero cuando él llegó por última vez, le preguntó a Narcisa, y ella bien enterada está como están todos en un pedazo de tierra tan pequeño..., mire, para que se haga una idea, cabe el pueblito de pescadores, cabe el interior que es todo dunas y cabe, al norte, la playa más hermosa que usted pueda soñar..., por algo vienen los locos de afuera, para hacer allí pesca submarina, y poco les importa que haya o no haya luz, que haya o no haya comida fina..., aquella playa, Dios me perdone, pero no tiene iguala ni en el mismísimo Edén...

Esperanza

... De esa Narcisa poco me fío... La conozco, claro que la conozco, que vendía en la plaza de Santa Catalina las camisas de las Dunas. A ver si crees que hablo por hablar..., larga al marido para el camello y ella, que ganes lo que puedas que yo aquí me defiendo con los chicos..., y me parece que ella se defiende de otra manera, ya me entienden..., tú, Juan, tú no. A mí me entiende sólo el que me quiere entender... Y si ella dice, que diga, yo no me lo creo, vamos, o por lo menos no me lo creo porque lo diga ella..., eso faltaba...

Caridad

No lo creo..., no lo quiero creer...

Antón

No sé nada... Nadie me ha venido a contar nada... Esto queda alejado y la gente que aquí viene se calla por educación y por taparse unos a otros, que al fin y al cabo don Martín es uno de los ricos por mucho que él en su vida haya sido de otra manera..., pero entre ellos se tapan..., y los demás son extranjeros los que vienen, así que yo no sé nada...

Soledad

No sabemos nada..., no tengo opinión... Efrén es muy espontáneo y por él ya estábamos visitándoles en su retiro, preguntando, ofreciendo... Pero no le dejo. Yo respeto la soledad de los otros... Sí, puede ser por el nombre, debe de ser por mi nombre...

Ginés

... Me contó Miguel que, luego que se fue el viejo aquel que no le dejaba hablar, el tabernero se inclinó, y con medio cuerpo fuera del mostrador y arrimado a la oreja, se lo dijo..., yo no lo creo ni lo dejo de creer...

Esperanza

¡Un hijo! ¡Qué palabras tan mayores!... Un hijo de los dos..., que se le nota..., que por eso ha sido el irse a las Dunas..., que ella lo supo a punto de marcharse y por eso..., que no fue al irse, que fue después... Virgen Santísima del Valle, ¿será verdad o sólo la lengua larga de los hombres que todo lo combinan a su gusto?... Yo sólo tengo una cosa que decir y ya no digo más: si la señora Adriana se ha metido en esa vida, si es verdad que se queda, que tiene el hijo, que lo deja todo..., me ha dado a mí un disgusto grande..., sí, Juan, y no te metas en esto..., que para mí era ella la más inteligente, la más sabia de las mujeres..., tan independiente, tan libre, siempre a su aire, sin deber nada a nadie, ahora entro, ahora salgo y hasta lo del amor con el médico lo entiendo..., pero atarse a él jamás..., qué torcedura de vida... Como todas, igual que las demás será si lo hace..., y lo siento porque se me cae a mí del trono esa mujer, que pierde para mí la mayor parte de valor que tenía... Ojalá y que no sea cierto...

Juan

... ¿Y por qué no va a ser verdad? Un hijo. De barro nos hizo Dios, del mismo barro a todos, ¿y a ellos por qué no? ¿Y qué pasa? ¿Hay mayor bendición para un hombre y una mujer de bien? ¿O es que ahora nos vamos a asustar con lo que les ha pasado a ellos, al señor Eduardo, a la mora, a la señora Adriana, a don Martín?... Y nos va a parecer raro un hijo... La mayor lotería, lo que necesitaban...

Caridad

Lo diga Ginés o quien lo diga, tampoco lo creo...

Antón

... Ya digo, no sé nada, porque como nadie ha venido a contármelo...

Soledad

... Y en cualquier caso, repito lo que dijo Adriana..., la libertad de elegir, la libertad de equivocarse..., suponiendo que sea verdad y suponiendo que sea una equivocación...

Ginés

... Todo está dicho. Se acabó la historia, Eduardo... Yo le he contado todo lo que sé y no puedo añadir más... Usted ha venido a buscarla a ella, a ver lo que pasaba. Igual que ella vino un día a saber lo que usted hizo en la isla... Yo no sé más que lo dicho..., yo estoy pillado entre los dos, entre los tres, Eduardo, porque usted sabe que le aprecio mucho, usted sabe la amistad que le tengo, pero, dígame, ¿seré yo bien nacido si hablo mal de ella o del médico? Dígamelo con el corazón en la mano, Eduardo, ¿sería yo bien nacido?...

Antón

... Cuando usted andaba loco y borracho por la isla, cuando lo de la mora..., ¿se acuerda que una noche le saqué de una barca en playa Blanca?, que casi se lo lleva una ola..., y me lo traje aquí sin voz ni fuerzas para andar y lo metí en la cama y luego vino don Martín y cómo le curó el hombre..., ¿no se acuerda?...

Caridad

... Y no se habrá olvidado que se lo trajo a vivir a su casa. Yo no puedo acusar a don Martín de lo que ha hecho. Yo creo que ha venido todo torcido desde el principio y que ninguno de los tres tiene la culpa, aunque, eso sí, yo no apruebo lo de ellos y menos lo del hijo...

Esperanza

... ¿Y usted a qué ha venido?... Mejor quedarse donde estaba, que el barco se pierde una vez en la vida y no hay marea que nos lo devuelva... Todo lo que sabemos ya lo hemos contado... Y ahora ¿qué quiere que hagamos?...

Juan

... Qué vueltas dan los hombres, señor Eduardo, qué bandazos, qué rumbos tan raros... Yo estaba aquí tranquilo y me acordaba de usted de vez en cuando..., ¿qué habrá hecho el hombre después de la desgracia que tuvo?, me decía yo..., porque claro, yo no sabía que usted tenía a esa señora en casa, a la señora Adriana, me entiende, que yo digo y perdóneme si no lo digo bien, un hombre con una mujer en casa como ésa, ¿a qué se viene a la isla a buscar moras ni moros?... Se lo tengo bien dicho a Esperanza: una mujer, si sale buena, para siempre, y si no sale buena, se la cambia..., y dice ella que lo mismo debe pasar con el hombre y al parecer tiene razón, porque ella, la señora Adriana, se conoce que vio en el médico al hombre que buscaba, sin saberlo, porque a lo mejor vino a la isla sólo a buscar las pisadas de usted y mire por dónde a lo que venía era a encontrar el camino de ella...

Soledad

Siento las circunstancias en que nos hemos conocido, Eduardo, pero tengo que ser sincera con usted. Usted quiere saber, lo mismo que Adriana cuando llegó a la isla, pero los dos están equivocados. Sólo dentro de uno mismo hay que buscar. Cada uno de nosotros arrastra dentro un perfecto desconocido... La vida es un continuo desencuentro entre desconocidos. Lo demás es anécdota...

La isla es una mancha blanca. Junto al mar se extiende la franja luminosa de la ciudad. Los volcanes oscurecen el cielo. Muy alta, la luna de África exhibe su hermosura. Al sur la luz del faro riela sobre las aguas. El río, vigoroso, bate las costas de las dos islas, al norte. Camino del aeropuerto hay un olor intenso a arrayanes. Último vuelo a la Península. Último aviso para los pasajeros con destino a este vuelo. Eduardo avanza hacia la puerta. Saca el billete, la tarjeta de embarque. Otra tarjeta surge del bolsillo. Es un paisaje de la isla: el mar azul y un campo de tabaibas que desciende hacia el mar. La sostiene un momento en la mano. Le da la vuelta. Una frase breve aparece escrita en el reverso. «No volveré. Adriana.»

El altavoz insiste: Último aviso...

Arroja la tarjeta. Avanza hacia el control, el avión, el vuelo, la noche infinita.

Las Magnolias, 16 de agosto de 1987

Este libro
se terminó de imprimir
en los Talleres Gráficos
de Fernández Ciudad, S. L.
Madrid (España)
en el mes de mayo de 2003

¿PUEDE EL AMOR CAMBIAR
A LAS PERSONAS?

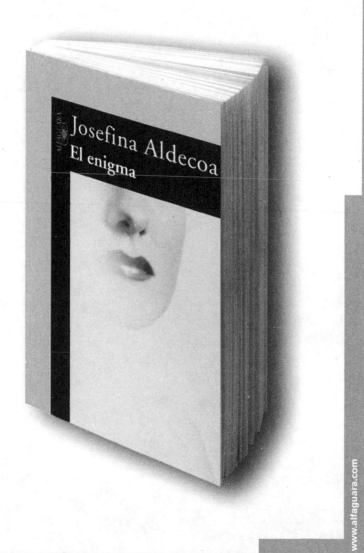